빨어먹을 아이돌

샤이나크 현대판타지 장편소설

빌어먹을 아이돌 13(완결)

초판 1쇄 발행 2025년 2월 14일

지은이 ǀ 샤이나크
발행인 ǀ 최원영
편집장 ǀ 이호준
편집디자인 ǀ 박민솔
영업 ǀ 김민원 조은걸

펴낸곳 ǀ ㈜ 디앤씨미디어
등록 ǀ 2002년 4월 25일 제20-260호
주소 ǀ 서울시 구로구 디지털로32길 30 코오롱디지털타워빌란트 1301-1308호
전화 ǀ 02-333-2513(대표)
팩시밀리 ǀ 02-333-2514
E-mail ǀ papy_dnc@dncmedia.co.kr
블로그 ǀ blog.naver.com/gnpdl7

ISBN 979-11-364-5977-0 04810
ISBN 979-11-364-5289-4 (SET)

※ 저자와 협의하여 인지는 붙이지 않습니다.
※ 이 책은 ㈜ 디앤씨미디어(파피루스)가 저작권자와의 계약에 따라 발행한 것으로 본사와 저자의 허락 없이는 어떠한 형태나 수단으로도 내용을 이용할 수 없습니다.

Vol.
13
(완결)

PAPYRUS MODERN FANTASY

불어먹을
아이돌

샤이나크 현대판타지 장편소설

PAPYRUS
파피루스

Album 25. 이 구역의 미친놈 ······ 7

Album 26. 실력 행사 ······ 97

Album 27. 삶 ······ 199

Album 25. 이 구역의 미친놈

 특정 콘텐츠가 압도적인 인기를 얻기 시작하면 볼 수 있는 현상들이 있다.
 산업의 구조적인 현상도 있을 것이고, 업계 종사자들의 이해 관계에 얽힌 현상도 있을 것이다.
 하지만 일반인들에게는 그런 복잡한 이야기가 필요 없다.
 한 마디면 된다.

 "아직 그걸 안 했다고?"

 그 콘텐츠가 영화라면 '아직 그걸 안 봤다고?'가 될 것이고, 게임이라면 '아직 플레이를 안 해 봤다고?'가 될 것이다.

그리고 이번에는 이것이었다.

"아직 그 앨범을 안 들었다고?"

사회 전체가 하나의 앨범을 들었고, 그걸 안 듣는 사람은 소수자가 되는 느낌.

물론 거대한 유행에 편승하는 걸 싫어하는 이들은 저 말 때문이라도 끝끝내 앨범을 듣지 않을 수도 있었다.

하지만 보통은 한 번이라도 들어 보게 된다.

인간은 원래 사회적 소외감을 싫어하니까.

그렇게 들은 앨범은 정말 어마어마했다.

〈G.O.T.M〉.

God of the machine이라는 타이틀이 과해 보이지 않는다.

연주도 완벽하고, 노래도 완벽하다.

하지만 그 무엇보다 앨범의 유기성이 진짜 좋다.

개성이 너무 강해서 따로따로 노는 것 같은 트랙이지만, 막상 앨범을 통째로 돌리면 하나의 작품을 들은 듯하다.

이건 프로덕션의 힘이다.

결국 이들은 다음 날 주변 사람에게 똑같은 말을 할 수밖에 없었다.

"Really? 아직도 그 앨범을 안 들었다고?"

이러한 현상의 첫 시작은 밴드 매니아들의 호들갑이었다.
 당연히 안 들은 사람이 훨씬 많았다.
 그다음엔 좋은 노래를 적극적으로 찾는 소비자들의 반응이었고, 다음엔 유행에 민감한 일반 대중들이었다.
 마침내 이 말이 일반 대중에게까지 당연한 듯이 퍼졌을 때, 사람들은 깨달았다.
 자신들이 한 세대를 관통하는, 불후의 명반과 조우했다는 것을.

* * *

 GOTM의 정규 1집 앨범이 어마어마한 인기를 얻을수록, 한국에서의 이슈도 커졌다.
 이슈는 크게 세 가지였다.
 〈G.O.T.M〉이 얻는 인기의 생중계.
 GOTM 멤버들은 순식간에 어마어마한 스타가 되었고, 엄청난 수의 쇼에 출연하고 있었다.
 그럴 때마다 그들이 늘 하는 말이 있었다.
 이 앨범은 자이온이 만든 거라고.
 그들이 한 거라고는 자이온의 영감을 최대한 충실히 표현하기 위해 노력한 거라고.

한편으로는 자이온을 연습실의 악마처럼 묘사하기도 했다.

스티브 립그렌은 '자이온에게 한소리를 들은 데이브 로건이 연습실에서 몰래 우는 것'을 본 적이 있다고 폭로하기도 했다.

이 영상은 어마어마한 화제성을 낳았다.

쿨하고 거칠고 반항적인 기타리스트 데이브 로건이 눈물을 흘렸다니.

대체 자이온은 어떤 악마란 말인가?

이처럼 GOTM의 흥행에는 언제나 한시온의 이름이 따라다녔고, 한국의 언론들은 이걸 생중계하는 걸 좋아했다.

두 번째는 한시온의 GOTM 합류였다.

이건 세달백일이라는 케이팝 그룹이 아닌, 한시온을 좋아하는 개인 팬들로부터 시작된 이슈였다.

참고로 여기서 말하는 개인 팬은 아이돌을 서포팅하는 케이팝의 서포터들이 아니었다.

블루스를 사랑하는 아저씨들과 록을 사랑하는 힙스터들, 밴드 음악을 사랑하는 매니아들의 바람이었다.

세달백일 정말 잘하고, 멋진 팀인 거 알고 있다.

하지만 진짜 한시온을 위해서라면 GOTM의 정식 멤버로 합류시키는 대승적인 결단을 내려야 하지 않겠는가?

지금도 그랬다.

GOTM은 세상이 좁다 하고 돌아다니고 있었는데, 한시온은 어디서 뭘 하고 있는지 알 수 없으니까.

함께 미국 활동을 시작했으면 정말 좋을 거라는 이야기들이 스멀스멀 기어 나온 것이었다.

물론 세달백일의 팬덤은 기겁을 하며 뽕망치로 록저씨, 힙스터, 매니아 두더지들을 내리쳤지만, 쉽게 사라질 만한 이슈가 아니었다.

하지만 한국에서만큼은 세 번째 이슈가 가장 컸다.

바로, 인트로.

앨범 인트로 트랙의 목소리가 정말 최대호의 것이 맞느냐.

맞다면 언제 저런 말을 한 거냐, 그리고 한시온은 왜 그걸 앨범에 사용한 거냐.

온갖 찌라시와 소문이 미친 듯이 떠돌아다녔다.

이게 얼마나 큰 소문이었냐면, 공중파 뉴스에서도 문화면에서 꼭지를 내어 줄 정도였다.

가십거리가 뉴스를 탄 것이었다.

정말 온갖 소리들이 있었다.

심지어는 최대호와 한시온이 연인 사이였다는 개소리까지 등장했다.

그때였다.

〈G.O.T.M〉이 전 세계를 휩쓰는 열흘 동안, 잠잠했던 한시온이 라이브 방송에 등장했다.

세달백일의 자컨이나 실시간 스트리밍이 아니었다.

LB 스튜디오의 이현석의 개인 방송에 우연히 얼굴을 비춘 것이었다.

세달백일 덕분에 개인 방송에 눈을 뜬 이현석은, 요즘은 꽤 잘나가는 인터넷 방송인이었다.

가수 지망생들을 만나 조언해 주고, 재능 있는 이들은 유명 작곡가와 연결을 해 주기도 하는데, 콘텐츠가 꽤 진실성이 있었다.

애초에 이현석이 돈이 부족한 사람이 아니기 때문이었다.

게다가 이현석이 그렇게 연결시켜 준 가수 지망생-프로 작곡가가 대박을 친 음원을 만들기도 했었다.

이런 이현석은 시청자들의 후원을 받아 '켠 김에 완성까지'하는 작곡 콘텐츠를 찍고 있었는데, 거의 24시간을 깨어 있던 상태였다.

좀비 모드로 신디사이저를 두드리고 있는데, 노크 소리와 함께 레코딩실의 문이 열리며 한시온이 나타난 것이었다.

"사장님, 저 놀러 왔습니다. 잘 계셨죠?"

"어어, 그럼. 밥 먹었어?"

이현석은 너무 졸린 상태였고, 너무 오랫동안 방송을

켜 놔서 잠깐 자신이 방송 중이라는 걸 까먹었다.

실제로도 이런 거치형 방송은 시간이 많이 흐르면 시청자들도 다 빠져나가기 마련이다.

현재 방송을 보고 있는 사람은 120명 남짓이었다.

그러나 그걸 까먹은 이현석은 녹음실 문에 비스듬히 기댄 채 한시온과 사담을 나눴다.

대부분이 〈G.O.T.M〉을 칭찬하는 말이었다.

그러다가 이현석이 질문을 던졌다.

"그건 뭐야? 최대호 대표?"

"아, 그거요? 저 커밍업 넥스트 끝났을 때 협박받은 전화죠."

"녹음을 해 놨어?"

"그때는 좀 무서웠거든요. 막 어떻게 될 것 같기도 해서, 증거를 남겨야 한다고 생각했거든요."

"근데 그걸 어쩌다가 인트로에 쓴 거야?"

"우연히 GOTM 애들이 듣고 꽂힌 거예요. 목소리가 주는 느낌이 앨범 인트로에 잘 어울릴 것 같다면서."

이현석이 파하하 웃으며 물었다.

"그런다고 그걸 그대로 써? 너도 참 또라이다."

"원래는 피치를 좀 바꿔서 누군지 모르게 하려고 했는데……. 자꾸 공격하시잖아요. 저희 회사랑 팀원들을."

"아직도 그래?"

"네. 점점 심해지는 거 같아요. 테이크씬이랑도 잘 지내 보려고 했었는데……."

"그러면 내가 한번……."

그 순간, 화면에는 뒷모습만 보이는 이현석이 화들짝 놀라는 게 보인다.

"씨발, 망했다."

카메라 앞으로 우당탕탕 뛰어오더니, 그렇게 방송이 종료되었다.

하지만 무려 120명이나 방송을 지켜보고 있었다.

이중 절반은 방송을 켜 놓기만 했지만, 나머지 절반은 아니었다.

게다가 그 60명 중에는 한시온이 고용한 나팔꾼이 있었다.

나팔을 부는 사람들의 손과 손을 통해서 영상이 퍼지기 시작했다.

그랬다.

전부 기획된 쇼였다.

"흐흐, 꼬맹이가 머리 좀 썼네."

"아, 이런 거면 찬성이지. 난 입 닫고 있는 애들보다 이런 게 좋더라."

기자들은 다 알면서도 속아 줬고, 기사가 미친 듯이 쏟아졌다.

처음으로 한시온이 인트로의 목소리가 최대호가 맞으며, 직접 녹음을 했다는 걸 인정한 것이었다.

물론 오피셜은 아니고, 언오피셜이긴 하다.

지인의 녹음실에 놀러 갔다가, 우연히 카메라에 걸린 것이니까.

하지만 이 우연이 진짜 우연이 아닌 것처럼, 한시온의 최대호의 목소리를 가지고 있던 것도 우연이 아니었다.

구체적으로 어떤 목적을 가지고 녹음한 건 아니지만, 분명 언젠가 쓸 데가 있다고 생각했다.

그게 쇼 비즈니스니까.

이쯤되니 최대호는 억울할 수밖에 없었다.

과거에 그가 한시온을 공격했던 건 맞다.

하지만 어느 순간을 기점으로 더는 공격이 통하지 않아서 멈췄다.

원래 기업과 기업 간의 공격은 자본과 인력이 드는 행위니까.

한데 갑자기 왜 이런 날벼락이 내리친단 말인가?

허위 사실 유포로 고소하자니 진실인 것도 있고, 사실 적시 명예 훼손은 조롱만 받기 쉽다.

그때, 한시온이 개인 방송을 켰다.

이현석의 방송에 걸린 것 따위가 아니라, 진짜로 유튜브 실시간 스트리밍을 송출한 것이었다.

그 방송을 보고 있었던 사람들은 깨닫게 되었다.

그동안 한시온의 천재성에 가려져서 체감하지 못했는데, 생각해 보면 그렇다.

스무 살짜리 꼬맹이가, 쇼 비즈니스의 터줏대감을 단지 재능만 가지고 이겼겠는가?

저 자식은 미친놈이다.

* * *

어, 일단 GOTM 이야기를 먼저 하자면, 제가 GOTM에 들어가는 일은 없을 거예요.

그냥 개인 활동의 일환이었다고 생각하시면 될 것 같아요.

개인 활동이 너무 커지긴 했지만, 이번 앨범이 빌보드를 수상해도 제가 거기에 가진 않을 겁니다.

전 세달백일 소속이니까요.

세달백일 앨범은 슬슬 준비 단계에 들어가 볼까 생각 중이에요.

재미있을 것 같아요.

앨범을 만들며 하이 레벨의 래퍼가 있으면 좋겠다는 생각을 여러 번 했는데, 생긴 거니까.

네?

아뇨, 사오이 이야기는 아니에요.

최재성 이야기죠.

제가 앨범에서 랩을 할 일이 있을지 잘 모르겠네요. 한 트랙 정도는 고민해 볼게요.

그리고 최대호 대표는…….

원래는 이렇게까지 솔직하게 말할 생각이 없었는데, 이현석 대표님 방송에 걸려 버려서…….

그냥 말할게요.

최대호 대표님, 저도 이제 가만히 있지 않을 겁니다.

* * *

한시온의 개인 방송 이후, 사람들은 한시온이 고소나, 고발 같은 언론전을 벌일 줄 알았다.

기자 회견일 수도 있고.

하지만 아니었다.

정말 충격적인 소식이 SBI 엔터와 친한 언론사들을 통해 뿌려졌다.

[테이크씬, SBI 엔터로 이적. 위약금 지불 예정.]
[테이크씬, 세달백일과 한솥밥 먹는다?]

엄밀히 따지자면, SBI 엔터로 이적하는 건 아니었다.

이번에 만들어진 SBI 엔터의 산하 레이블 〈TMC ENT〉로 이적하는 것이었다.

하지만 기자들은 뭐가 더 자극적인 워딩인지를 아는 사람이었다.

정말 놀라운 일이었다.

현역 아이돌 그룹이, 타 현역 아이돌 그룹의 밑으로 들어가서 놀란 게 아니다.

테이크썬이, 세달백일의 밑으로 들어가서 놀란 것이다.

이제 사람들은 대체 라이언 엔터가 얼마나 개판이면 테이크썬이 이적을 하는지에 대해 떠들었다.

여기서 끝이 아니었다.

[TMC ENT의 신임 대표, 박승원 선임.]
[박승원은? 라이언 엔터의 실질적인 2인자이자, 최대호 대표의 오른팔.]

박승원의 망명이 널리 밝혀졌다.

심지어 그는 유능한 실무진 몇몇을 데리고 TMC로 날랐다.

대중들은 박승원이 누군지도 몰랐음에도 놀랐다.

테이크씬 이후 곧장 이어진 이적이니, 뭔가 심상치 않음을 느낀 것이었다.

테이크씬의 이적 때까지는 버티던 라이언 엔터의 주가가 폭락하기 시작했다.

엔터주는 원래 이슈에 민감한 곳이지만, 좀 지나칠 정도였다.

그것을 만들어 내는 것은, 한시온이 가지고 있는 돈의 힘이었다.

어마어마한 공매도가 쏟아진 것이었다.

이제 모두들 떠들어 댔다.

라이언 엔터는 침몰하는 배라고.

* * *

최대호는 대표실에 홀로 앉아 깊은 생각에 잠겼다.

강남의 가장 번화한 야경을 한눈에 내려다볼 수 있었음에도, 눈에 들어오지 않는다.

그의 생각이 진실을 좇고 있었기 때문이었다.

'내가 진짜 망했나?'

전혀 아니다.

우스운 소리지만 라이언 엔터의 재무제표는 이전보다 건강해졌다.

SBI 엔터에게서 테이크썬의 위약금을 받았기 때문이다.

어차피 일본 활동이 대박 나서 테이크썬은 손익 분기점을 돌파했다.

아마 다음 분기부터 테이크썬 멤버들에게도 정산이 시작됐을 것이었다.

그러니 회사가 본 손해는 없는 상태에서, 어마어마한 위약금이 들어온 거다.

돈의 흐름만으로 기업을 평가하는 재무제표상 호재다.

주가도 마찬가지였다.

주식 가격이 연일 하락하고 있긴 하지만, 실제로는 그렇게 심각하진 않다.

어차피 대한민국의 일부 CEO들은 주가에 크게 관심이 없다.

심지어 자식에게 물려줄 때가 되면 일부러 주가를 떨어트리기도 한다.

회사의 가치가 높을수록 세금이 많이 나오기 때문이었다.

최대호도 이 기회에 아들에게 좀 증여할지를 고민하고 있었고.

어차피 주가는 언젠간 회복된다.

비정상적인 하락이니까.

그 이유는 특정 세력이 이해할 수 없을 정도의 금력을 퍼부어서 공매도를 때리고 있어서 그렇다.

정황상 한시온인 것 같은데, 솔직히 믿기진 않는다.

개인이 그 정도 현금을 보유하고 있을 수가 있나.

차라리 한시온에게 미리 정보를 얻은 외국의 공격적인 펀드 자본이 단기 수익을 노리고 합세했다고 보는 게 이상적이다.

그렇다면 결국은 공매도의 커버링을 위해서 주식을 사는 순간이 올 거고, 시간이 지나면 차츰차츰 회복될 것이다.

라이언 엔터가 돈을 못 버는 기업은 아니니까.

즉, 결국은 다 정상화될 일이다.

'그렇다면 나는 완전히 무탈한가?'

그렇지는 않다.

재무제표로 판단되지 않는 미래 가치들을 너무나 많이 잃어버렸다.

테이크씬부터 그렇다.

테이크씬은 세달백일 때문에 넘어진 채로 시작했지만, 충분한 포텐셜을 가진 이들이었다.

그러니 최대호는 이들의 3년 차, 4년 차를 기대하고 있었다.

특히 페이드가 빠지면서 테이크씬이 더 독기를 가졌던

것 같고, 팀워크가 맞아떨어졌다.

일본에서의 활동도 거의 1년치를 잡아 놓은 상태였다.

그런 테이크씬이 빠져나간 건, 꽤 오랫동안 준비했던 농사를 망친 것과 같다.

물론 라이언 엔터에서 테이크씬의 매출이 차지하는 비중은 크지 않았지만, 미래 플랜은 그렇지 않았으니까.

뿐만 아니라, 테이크씬이 빠져나가면서 재계약을 앞둔 라인업이 동요하고 있었다.

아니, 동요라는 표현은 너무 점잖다.

재계약이 무산될 확률이 몹시 높아졌다.

특히 배우들 쪽이 그랬고, 가수들 중에도 그런 이들이 많았다.

함께 커밍업 넥스트를 촬영했고, 오랫동안 한솥밥을 먹은 블루도 애매한 표현들로 재계약 결정을 차일피일 미루고 있었으니까.

야박하다고 생각하진 않는다.

당연한 일이다.

보여 주고 돈을 버는 이 산업에서, 보여 주는 것보다 더 큰 부정적인 이슈가 생기면 도망치는 게 상책이다.

지금 라이언 엔터가 그러니까.

그렇기 때문에 최대호가 잃어버린 것은 신뢰이자, 명예였다.

심지어 라이언 엔터의 지분을 쥐고 있는 외부 투자자들은 슬슬 최대호를 믿지 않는 모양새를 보이고 있었다.

문제는 그 외부 투자자들이 고위 인사들이라는 것이었다.

그동안 최대호가 연예계 카르텔을 이끌 수 있게 해 줬던 힘들.

그 힘이 사라지고 있다.

이제 남은 것은 명예도 권력도 없는, 그저 돈을 버는 기업뿐이다.

라이언 엔터는 살아남았지만, 최대호는 살아남을 수 없을 것이었다.

물론 최대호는 라이언 엔터의 1대 주주이지만······.

평생을 바쳐 이룩해 낸 것들이 와르르 무너지는 기분이 든다.

대체 왜 이렇게 됐을까?

한시온을 적대해서?

일을 못해서?

커밍업 넥스트를 기획하면 안 됐나?

하지만 최대호가 내린 결론은 다른 것이었다.

박 팀장.

아니, TMC의 박승원 대표.

일본 활동의 키를 쥐고 있는 박승원이 이적한다는 것을

알고 있으니, 테이크썬도 이적한 것일 테였다.

박승원이 TMC ENT의 대표로 갔기 때문에, 소속 연예인들이 더 빠르게 이탈하는 것이다.

심지어는 박승원을 따라서 TMC로 갈 수도 있고.

"내가 너무 많은 권한을 줬었나……."

최대호는 그렇게 생각하면서도 도저히 박승원을 이해할 수가 없었다.

한시온이 자신에게 증오를 품은 건 이해한다.

심지어 테이크썬이 섣부른 결정을 내린 것도 이해한다.

어린 애들이니까.

세달백일 때문에 욕을 먹는 게 지긋지긋했겠지.

하지만 박승원은 도무지 이해할 수가 없다.

결국 최대호는 박승원에게 전화를 걸었다.

그리곤 무슨 생각인지 모르겠는데, 자신의 생각을 솔직하게 전했다.

전혀 화를 내지 않았고, 박승원을 원망하지도 않았다.

평소의 최대호를 알고 있는 박승원 입장에선 당황스러울 정도의 화법이었다.

그저, 호기심만 풀려고 했으니까.

"대체 왜 그런 건가?"

그 질문을 받은 박승원은 두 가지 생각을 했다.

첫 번째는 최대호가 끝났다는 것이었다.

호랑이는 자신을 물어뜯은 대상에게 호기심을 품지 않는다.

어떻게든 더 강하게 물어뜯으려고 노려보지.

그러니 최대호는 이제 호랑이가 아니었다.

라이언 엔터는 기업의 규모를 생각하면 의외일 정도로 최대호 한 명에게 의존하는 부분이 컸다.

실무적인 부분은 박승원이 대부분 처리했으니 차치하더라도, 기업을 이끄는 카리스마가 그렇다.

방송국인 엠쇼가 라이언 엔터의 아이돌 멤버를 데뷔시키기 위한 커밍업 넥스트를 송출한 것은, 협찬이나 광고 수익 때문이 아니다.

그것은 부가적인 이유였을 뿐이고, 결국은 최대호의 카리스마가 만들어 낸 것이었다.

결과적으로는 한시온의 재능이 더 빛났지만.

그러니 이제 최대호는 끝났고, 라이언 엔터는 예전의 영광을 되찾지 못한다.

이게 박승원이 한 첫 번째 생각이었다.

두 번째는 허탈함이었다.

최대호는 자신이 어떤 마음으로 라이언 엔터를 떠났는지 전혀 이해하지 못했으니까.

10년 넘게 모셨던 상사의 몰이해를 경험하는 건 유쾌

하지 않은 일이었다.

그래서 박승원은 대답했다.

-대표님.

"말하게."

-일전에 저한테 한시온의 부모님의 사고를 가지고, 한시온과 세달백일을 공격하라고 지시하셨잖습니까?

"……."

-온새미로의 부모를 동원해서 팀 케미를 뒤흔들라고도 했고, 세달백일 개개인의 약점을 캐기도 했죠.

"……난 그런 적이 없네만?"

최대호는 한시온이 쥔 녹음 때문에 벌써 두 번이나 곤혹을 치르는 중이었다.

처음에는 테이크씬의 가이드 녹음본.

두 번째는 최대호가 직접 했던 협박 전화에 대한 녹음본.

그러니 지금의 통화가 녹취될 수도 있다는 가능성을 염두에 두지 않을 수가 없었고, 부정할 수밖에 없었다.

그러자 박승원은 한동안 침묵하다가 한마디를 툭 꺼냈다.

-이게, 제가 떠난 이유입니다.

그렇게 전화는 끊겼다.

박승원은 최대호가 자신의 마음을 이해했는지, 못했는

지 알지 못했다.

 뒤늦게 이해했을 수도 있었고, 끝까지 이해하지 못했을 수도 있었다.

 하지만 상관없다.

 TMC는 탄생부터 라이언 엔터와 대척점에 서 있다.

 그러니 대표 최대호가 무너지는 만큼, 대표 박승원이 성공하는 것이다.

 그리고, 박승원은 자신이 있었다.

* * *

 이례적인 일이 벌어졌다.

 사람들은 〈G.O.T.M〉이 어마어마한 앨범이지만, 그래미 어워드에 노미네이트 되긴 힘들 거라고 생각했다.

 시기가 그랬다.

 그래미 어워드에 노미네이트 되는 기간은 보통 전년도 10월부터 올해 9월까지다.

 그렇게 출품 작품들을 모아서 추스르고 11월에 노미네이트된 후보를 발표한다.

 그렇기 때문에 그래미를 노리는 작품들이 연초에 발표되는 것이었다.

 충분한 인기와 평가를 얻은 후에 그래미에 출품하기 위

해서.

그러니 〈G.O.T.M〉은 아주 불리했다.

10월 발매라서 내년 그래미로 밀릴 확률이 높은데, 이렇게 되면 올해 10월부터 내년 9월까지의 출품작과 경쟁을 해야 한다.

즉, 1년이나 지난 앨범이 되는 것이었다.

그래미를 이끄는 NARAS 회원들도 사람이라서, 아무래도 최근에 화제성이 높은 작품에 시선이 가기 마련이었다.

그때쯤 되면 〈G.O.T.M〉은 이미 단물이 다 빠졌을 거니까.

그래서 사람들은 〈G.O.T.M〉이 완벽한 앨범이지만, 딱 하나 발매 시기가 최악이라고 했다.

그런데, 놀랍게도 내년 2월에 열리는 2019 그래미 어워드에 노미네이트가 된 것이었다.

그래미 어워드의 고지식함을 생각해 보면 정말 의외의 결정이었다.

사람들을 이를 두고 두 가지 이야기를 떠들어 댔다.

첫 번째는 힙합이었다.

2018의 빌보드는 누가 뭐래도 힙합의 해였다.

전통적인 랩부터 댄스홀에 가까운 리듬 랩까지.

수많은 힙합 송들이 빌보드를 점령했고, 그래미는 이걸

좋아하지 않는 편이었다.

그래미의 컨트리 사랑은 유명한 것이었는데, 그게 흑인에 대한 인종 차별이라는 이야기는 다 아는 이야기였으니까.

그러니 수많은 힙합 히트 송들의 대항마로 GOTM이 선택받았다는 추측은 합리적이었다.

두 번째는 그걸 푸시한 HR 코퍼레이션의 힘이었다.

HR 코퍼레이션은 전통적인 백인 사운드를 신봉하는 회사고(최근에는 조금 바뀌었지만), 당연히 그래미의 수상 이력이 많았다.

즉, 그래미를 이끄는 NARAS 회원들과 밀접한 관계가 있는 HR 코퍼레이션이 적절한 힘을 썼을 거라는 게 중론이었다.

이슈는 크게 번졌다.

GOTM이 노미네이트 된 게, 마이너 부분이 아닌 메이저 부문이었기 때문이었다.

그래미에는 4개의 본상이 있었다.

올해의 앨범.

올해의 레코드.

올해의 노래.

최우수 신인.

놀랍게도, GOTM은 이 중 3개의 부분에 노미네이트

됐다.

올해의 앨범, 올해의 레코드, 그리고 최우수 신인.

올해의 노래에 레코드가 되지 않은 건, 앨범으로써의 힘이 강한 채로 나아가는 중이기 때문이라고 추측됐다.

〈G.O.T.M〉은 신기하게도 하나의 노래가 먼저 떠서, 앨범을 이끌어 가는 구조가 아니었다.

앨범 전체가 단번에 치솟았다.

한국 언론들은 떠들어 댔다.

최우수 신인은 GOTM이 받는 상이겠지만, 올해의 앨범과 올해의 레코드는 한시온이 받는 것이다.

애초에 올해의 앨범은 앨범 제작에 참여한 모든 이들에게 주는 것이고, 올해의 레코드는 작곡가와 작사가에게 주어지는 상이다.

그리고 놀랍게도 〈G.O.T.M〉은 한 명의 작곡자, 한 명의 편곡자, 한 명의 작사가를 가지고 있었다.

한시온.

한시온은 작사에는 개입하지 않는 편이지만, 이번 앨범은 좀 달랐다.

수많은 무한 회귀 중에서 만났던 노래들을 가져다 쓴 게 많았으니까.

새롭게 만든 트랙들도 누구보다 GOTM을 잘 아는 한시온이 만들기 편했고.

이런 상황 속에서 다시 한번 한시온의 GOTM 합류에 대한 이슈가 떠올랐지만, 한시온은 다시 한번 부정했다.

"저는 지금 세달백일의 3집 앨범을 만드는 데 최선을 다하고 있습니다."

심지어 그는 LA로 가지도 않을 거라고 했다.

수상을 하게 된다면, GOTM이 받거나 GOTM이 대리 수상을 하게 될 거라면서.

이는 HR 코퍼레이션이 정말 간곡히 부탁했음에도 이루어지지 않은 일이었다.

한시온에게 그래미는 아무 것도 아니었다.

그걸 받으러 왔다갔다할 시간에 3집 앨범을 만드는 데 시간을 쏟고 싶었다.

그들의 3집 앨범은 정말 근사할 것이기 때문이었다.

게다가 그는 지난 생에서 그래미를 받은 뒤 회귀를 선택했었다.

다시 한번 GOTM과 그래미를 받으러가는 것은, 그날의 기억을 건드는 일이다.

한시온이 LA의 스테이플스 센터로 가는 경우의 수는 딱 하나뿐이었다.

GOTM이 아닌 세달백일과 함께하는 것.

그렇게 2018년이 저물고, 2019년이 밝았다.

그래미 어워드가 2달밖에 남지 않은 상황에서, 세달백

일은 3집 앨범 작업에 박차를 가하고 있었다.

* * *

2018년은 누가 뭐래도 세달백일의 해였다.

한 해의 시작부터 끝까지 그랬다.

2집 앨범 〈Stage〉와 그에 부속되는 유닛 앨범 3개가 발매되며 차트를 뒤집어 놓았다.

동시에 1집 앨범의 글로벌 버전이 발매됨과 동시에, 2집 앨범도 미국에 진출했다.

결과적으로 이 모든 일은 성공적으로 마무리되었다.

이는 기획사에서 흔히 붙이는 '성공적인 마무리'라는 수사가 아니다.

실제로 성공을 거두었다.

영미권의 리스너들에게 더 이상 SBI와 ZION이라는 이름은 낯설지 않게 되었으니까.

이게 세달백일의 음악적인 성과였다면, 예능적인 성과도 충분했다.

셀프 메이드는 시즌 1, 2로 나뉘어서 공전의 히트를 기록했으며, 거기서 파생된 복면강도 같은 유닛들은 생명을 얻었다.

거기다가 아직도 믿기지 않는 성과지만, 애플의 커머셜

광고 음악을 따냈으며, WWDC를 넘어서 제품 광고에도 활용되었다.

또한 세달백일은 GOTM의 데뷔곡인 〈Players〉를 발매하기도 했다.

뿐만 아니라, 자체 제작 예능인 〈역전세계〉로 방송계의 트렌드를 바꿨으며, 여기서 발매된 음원들은 하나같이 히트를 기록했다.

그리고 2018년은 한시온의 해이기도 했다.

세달백일이 이런 성과를 만들어 낸 모든 음악을 제작한 것뿐만 아니라, 개인 활동으로 GOTM과 그래미에 어워드된 명반을 만들어 냈으니까.

〈G.O.T.M〉은 발매한 지 2달이 지났음에도 아직도 엄청나게 팔려 나가고 있으며, 오랜만에 순수 다이아몬드 앨범의 탄생을 예고하고 있었다.

이외에도 세달백일 멤버들이 마크스드 싱어를 폭격했고, 한시온은 쇼미를 우승했다.

일련의 모든 일들이 알려 주는 건, 2018년의 쇼 비즈니스가 세달백일의 손아귀에 좌지우지됐다는 것이다.

생각해 보면 어이없는 일이다.

세달백일은 불과 2017년에 TV 쇼로 데뷔하고, 라이언 엔터와 대립각을 세웠던 그룹이었으니까.

그러나 현상에 있어서 감상은 중요하지 않다.

중요한 건 현재 상황이다.

그런 의미에서 더 이상 세달백일은 메인스트림 주변에서 기회를 노리는 이들이 아니었다.

오히려 메인스트림이 세달백일 주변을 기웃거리고 있다.

세달백일과의 경쟁을 피하기 위해서, 세달백일이 만드는 트렌드에 올라타기 위해서, 혹은 세달백일과 연계된 그룹이 되기 위해서.

드롭 아웃이 그랬다.

드롭 아웃은 한시온에게 받은 음원 3부작을 아주 알차게 써먹었다.

⟨Selfish⟩, ⟨Twist⟩, ⟨Abandon⟩.

처음, ⟨Selfish⟩가 한시온 작곡이라는 게 알려질 때만 해도 좀 이상했었다.

드롭 아웃이 신인 아이돌 그룹의 프로듀서 멤버에게 타이틀곡을 받은 것이니까.

하지만 이제는 아니다.

한시온이 운이 좋은 게 아니라, 드롭 아웃이 운이 좋은 거다.

한시온이 신인일 때 3곡이나 받았으니까.

드롭 아웃이 더블엠 엔터와 재계약을 한 게, 곡을 쥐고 있는 저작권자가 더블엠이기 때문이라는 소문도 있었다.

테이크씬은 SBI의 산하 레이블인 TMC로 이적하자마자 발매한 미니 앨범으로 대박을 쳤다.

한시온이 준 곡에다가 A&R이 모집한 곡을 섞어서 5곡짜리 미니 앨범을 발매했는데, 엄청난 호평을 받았다.

한편으로는 한시온이 아이돌판의 판도를 바꿔 놨다는 이야기도 생겼다.

본래 아이돌 그룹의 앨범은 6~7곡 정도면 정규 앨범으로 묶어서 낼 수도 있었다.

하지만 풀렝스 앨범을 고집하는 세달백일 때문에 이제는 6곡으로 정규 앨범을 내면 욕을 먹었다.

최소가 8곡인 분위기가 있었다.

마스크드 싱어를 통해 세달백일과 인연을 맺은 도주박은 한시온의 곡을 받기 위해 고군분투했다.

개중 주성한은 〈역전세계〉에서 한시온의 곡을 불러서 큰 성공을 기록했지만, 도재욱은 아직도 한시온의 곡을 받지 못했다.

이현석과 친분을 위시하며 호시탐탐 한시온의 곡을 받으려고 노력했지만, 실패했다.

이런 상황 속에서 납작 엎드려야 하는 이들이 있었으니, 그건 라이언 엔터와 손을 잡고 세달백일을 때리던 이들이었다.

돌이켜 보면, 세달백일은 신인 시절 막막했을 수밖에

없었다.

라이언 엔터라는 업계 공룡이자 괴물이 카르텔을 발동해 '세달백일 때리기'를 자행했으니까.

언더그라운드에서 공연을 하고, 서울 이곳저곳에서 버스킹을 했던 것도 여기서 벗어나기 위함이었다.

하지만 상황이 바뀌었다.

세달백일은 더 이상 을이 아니다.

갑이다.

그리고 문제는 한시온이 갑질이 아주 능숙한 인물이라는 것이었다.

인격적으로 모독을 한다든가, 모멸감을 주는 식의 갑질은 당연히 아니었다.

오히려 피디나 작가 같은 개개인에게는 잘해 주는 편이었다.

문제는 방송국 같은 업체들을 대상으로 한 치의 망설임도 없이 갑질을 한다는 것이었다.

2018의 연말 가요 시상식에서 이 모습이 두드러졌다.

세달백일은 아주 소수의 시상식에만 참가를 했는데, 이는 누가 봐도 2017년 시상식의 복수였다.

한시온의 갑질이 가리키는 방향은 두 가지였다.

첫 번째로는, 사과해라.

두 번째로는, 라이언 엔터를 멀리해라.

물론 한시온이 라이언 엔터의 소속 연예인 하나하나를 견제하고, 그들의 기회를 박탈하는 건 아니었다.

 당연한 섭외나 당연한 출연은 상관하지 않는다.

 즉, 이는 연예계 카르텔에서 최대호를 축출하는 과정이었다.

 그리고, 대한민국 쇼 비즈니스의 구성원들에겐 이를 거부할 방법은 없었다.

 굳이 거부할 생각도 없었고.

 그렇게 라이언 엔터는 완전히 침몰 중이었다.

* * *

 데뷔 이후 지금까지 세달백일의 음악 작업의 키를 쥔 것은 한시온이었다.

 하지만 이건 한시온이 독불장군이라거나, 독재자라서가 아니었다.

 의외로 한시온은 타인의 의견에 후했다.

 당연한 소리였다.

 2억 장의 앨범을 팔기 위해서 판소리의 발성법까지 공부를 하던 게 한시온이었으니까.

 다만 그러기 위해서는 의견의 수준이 적절히 높아야 했다.

즉, 아무것도 모르는 사람이 고래고래 소리를 지르면 무시하지만, 뭘 좀 아는 사람이 말을 하면 귀담아 듣는다는 것이었다.

2집 앨범을 만들 때까지만 해도 세달백일 멤버들은 한시온의 기준에서는 '아무것도 모르는 놈들'이었다.

하지만 '이제는 뭘 좀 알아가는 놈들'까지는 올라왔다.

즉, 의견을 들어줄 최소 기준을 만족시켰다는 것이었다.

그렇기 때문에 3집 앨범은 한시온이 모든 것을 기획하는 게 아니라, 기획 단계에서부터 의견이 쌓였다.

"난, 강한 느낌을 주는 공격적인 비트에서 리드미컬한 노래를 부르고 싶어."

과거의 구태환이 이런 말을 했다면 한시온은 '네 실력으로는 무리다'라고 말했을 것이었다.

하지만 이제는 된다.

GOTM이 앨범을 만드는 사이, 어마어마한 트레이닝을 수행한 이후였으니까.

"전 이번 GOTM 앨범 너무 좋던데요. 팝 같기도 하고, 록 같기도 한 그 경계선에서 저도 랩 해 보고 싶어요."

최재성에게는 의도적으로 자유를 줬다.

최재성은 큰 재능을 가지고 나아가는 중이지만, 아직 래퍼로서의 경험치가 턱없이 부족하다.

이런 이들은 할 수 있는 건 다 시도해 보고, 좋은 걸 골라내는 게 좋다.

그 외에도 온새미로는 고음이 아닌 파트를 부르고 싶어 했으며, 이이온은 자신의 음색을 일부러 드러내는 트랙을 만들어 보고 싶어 했다.

한시온은 이 모든 걸 수용해 줬다.

세달백일이 3집 앨범 작업에 미친 듯이 몰입한 건, 일정이 급해서가 아니었다.

그냥 재밌어서였다.

세달백일 멤버들은 이걸 좀 의아하게 여겼다.

"왜 재밌지? 원래 앨범 작업하면 괴롭고 그런 거 아닌가?"

"그러게요."

이건 전적으로 한시온 덕분이었다.

음악이 좋아서 가수가 된 이들이 앨범 작업에서 고단함을 느끼는 건, 영감이 변질되기 때문이었다.

분명 처음 떠올렸을 때는 죽이는 아이디어인 것 같다.

하지만 막상 트랙을 구체화하고, 보컬을 붙이는 과정에서 영감은 변질된다.

이는 실력의 문제기도 하고, 시장 논리의 문제기도 했다.

실력이 안 돼서 제대로 표현이 안 되는 경우도 많고,

이게 시장에서 먹힐지 의문이라서 고치는 과정도 많다는 것이었다.

이런 과정을 거쳐서 최종 결과물이 나오면 가수는 고민에 빠진다.

이게 진짜 내 최선인가?

이거보다 더 좋은 건 없나?

그러다 보면 또 새로운 음악을 만들고, 찾고, 고치고, 만들다가 질려 버리는 것이었다.

10년 동안 수백 곡을 만들었지만, 정규 앨범을 내지 못하는 가수들이 이런 식이었다.

하지만 한시온은 다르다.

한시온은 멤버들의 영감을 변질시키기는커녕, 더 세련된 형태로 뽑아낼 수 있다.

시장 논리 역시 마찬가지였다.

그는 이미 할 수 있는 걸 다 해 본 상태였기에 어떤 게 먹히려면, 어떤 게 강조되어야 한다는 걸 알고 있었다.

세달백일 멤버들 입장에서는 재밌을 수밖에 없었다.

머리를 굴려서 아이디어를 짜내면 한시온이 그들의 머릿속에서 있는 것보다 더 좋은 트랙을 뽑아 주니.

멤버들은 모래성을 쌓는 놀이를 하는 것처럼 트랙을 만들어 갔고, 결과적으로 총 73개나 되는 트랙이 만들어졌다.

물론 모든 트랙이 완성곡인 건 아니었다.

1벌스 1훅으로 끝난 것도 있고, 후렴 없이 벌스만 쭉 이어진 것도 있다.

어떤 건 후렴이 너무 좋아서 감히 벌스를 붙일 생각을 못한 것도 있다.

그럼에도 불구하고 하나같이 좋은 지점이 있었다.

그때쯤 한시온은 고민에 빠졌다.

한시온의 머릿속에 73개의 트랙으로 만들 수 있는 앨범이 떠오른다.

어떤 부분에서 뭘 발췌하고, 어떤 부분에서 뭘 빼내서 섞는.

그런 과정 끝에 탄생될 앨범이 어렴풋이 보였고, 그건 꽤나 좋을 것 같았다.

하지만 그건 한시온의 방식이다.

결과적으로는 멤버들이 지난 몇 달간 토해 낸 영감을 무시하고는, 결국은 한시온의 작법에 의해 탄생하는 앨범인 것이었다.

이렇게 되면 멤버들은 기껏해야 자신의 브레인 스토밍을 도운 정도가 된다.

'이게 맞을까?'

단기적으로는 맞다.

당장 다음 앨범의 판매량만 놓고 보면.

하지만 장기적으로는 안 좋을 수도 있다.

이제 세달백일은 한시온이 오롯이 컨트롤하기보다는, 풀어 놓고 결과를 지켜봐도 괜찮은 팀이 되었으니까.

문제는 그렇게 멤버들의 의견을 존중해 낸 앨범이 확실히 잘 팔린다는 보장이 없다는 것이었다.

결국 한시온은 결론을 내리지 못하고 멤버들을 불러 모았다.

그리곤 물었고, 답을 얻었다.

"좀 안 팔리면 어때?"

"사실 우리도 한 번쯤 망해야 해. 부담되잖아."

"확실히 망한다는 소리는 아니죠?"

회귀자는 언제나 불확실성을 통제하려는 사람이었다.

지난 생의 불확실성을 다음 생에 통제해서 더 나은 결과를 만들어 낸다.

이걸 무한히 반복하다 보면 2억 장에 닿을 수 있다.

이 명제를 가지고 달리는 사람이었다.

하지만 지금의 한시온은 '회귀자'보다는 '세달백일'이었다.

"내자, 73개 전부."

"와, 그럼 우리 몇 년치 앨범 다 만들어 놓은 건가?"

73개의 트랙 중 더할 건 더하고 뺄 건 빼면 대충 45개 정도는 나올 것이었다.

이러면 13트랙짜리 앨범이 4개가 넘게 나온다.

하지만 한시온은 고개를 저었다.

어차피 지금의 영감으로 만든 노래는 지금 발매해야 하니까.

4집 앨범 때는 또 좋은 생각이 떠오를 거라고 믿으며.

"그러면?"

"우리 2집 앨범 슬로건이 뭐였죠?"

이이온이 대답했다.

2+2+1 = 2.

2인 유닛 복면강도, 2인 유닛 온앤온, 1인 유닛 최재성을 다 더하면 2집 앨범이 나온다는 퀴즈.

그러니 3집에 어울리는 슬로건도 있었다.

"이건 어때?"

한시온의 아이디어를 들은 세달백일 멤버들은 눈을 크게 뜨며 재밌어했다.

"그러면 이제부터 말도 안 되는 속도로 작업을 해야겠는데?"

"밤새면 되지 뭐."

그렇게 세달백일은 2월까지 그 어떤 외부 활동도 하지 않았다.

하지만 그래미 어워드가 개최되는 2월 4일 아침.

공식 보도를 통해 3집 앨범을 예고했다.

3집 앨범의 발매일은 3월 1일.
새롭게 발표한 슬로건은······.
⟨3 = 3⟩.

* * *

뭐라고 해야 할까.
온 국민이 내 얼굴을 궁금해하는 것 같다.
내가 어떤 표정으로 그래미 어워드를 지켜볼지.
혹은 GOTM이 그래미 어워드를 수상하면 내가 어떤 표정을 지을지.
그게 아니라면 수상이 불발됐을 때 어떤 표정을 지을지.
이게 엄청나게 궁금한 모양이다.
덕분에 그래미의 실시간 시청률이 엄청나게 올라갔고, 엠쇼 내부에서 나한테 고마워하고 있다고 한다.
물론 엠쇼가 그래미의 중계권을 따낸 건 나와 무관하다.
그래미는 원래도 한국에서 공신력 있는 시상식이었고, 케이블에서 중계권을 따서 송출했으니까.
하지만 며칠 전부터 전 국민이 그래미로 시끌시끌한 건 분명 나 때문이긴 하다.

결론만 말하자면 난 GOTM의 수상 확률이 상당히 높다고 생각한다.

몇 개의 상을 받을지는 확실치 않지만, 노미네이트 된 3개의 본상 중 1개는 반드시 받을 거다.

록이나 밴드와 관련된 마이너 부문의 시상은 100% 확실하고.

HR이 수를 잘 썼다.

이건 나도 종종 하던 일인데, 2018년과 2019년은 지나칠 정도로 힙합이 득세하는 시기다.

그래미의 꼰대들이 이걸 좋아할 리가 없으니, 충분히 이용할 수 있다.

유일한 문제점이 있다면 프로듀서이자, 작곡가이자, 편곡가이자, 작사가인 내가 그래미에 불참한다는 것인데…….

HR이 그렇게 부탁했지만, 내가 들어주지 않았으니까.

하지만 그렇다고 해서 나는 굳이 적을 만드는 타입은 아니다.

회귀자로서 살아온 기나긴 삶에서 배운 게 있다면, 한 명의 아군을 만드는 것보다는 한 명의 적군을 없애는 게 훨씬 이득이라는 것이었다.

그래서 그래미의 심사위원단과 NARAS 회원, 진행 위원측에 자필 편지를 보냈다.

내가 시상식에 참석하지 않는 건 그래미를 존중하지 않아서가 아니라, 세달백일과 GOTM이라는 두 팀에 걸쳐져 있는 나의 아이덴티티 문제 때문이라고.

내가 GOTM으로 상을 받으면 나의 팀인 세달백일에게 불리한 일들이 발생할 거라고.

물론 저들이 진짜 내 문제를 이해해 줄 거라고 생각하진 않는다.

이해할 마음도 없을 거고, 이해받고 싶은 생각도 없다.

중요한 건 내가 '아주 정중한 양해'를 구했고, 그들이 그걸 받아들였다는 것이다.

게다가 난 그래미와 관련된 각계각층의 사람들이 어떤 워딩을 좋아하고, 어떤 태도를 사랑하는지 알고 있으니까.

분명 도움이 될 거다.

하지만 이건 이성으로 진행한 일이었고, 내 감성은 아무런 변화도 없다.

GOTM이 상을 받았으면 좋겠지만, 못 받아도 상관없다.

아니, 뭐 받아도 상관없지.

지금 내 관심은 오직 3집 앨범으로 쏠려 있었으니까.

솔직히 일정이 꽤 타이트하다.

3월에 내는 게 의미가 있어서 서둘렀기 때문이다.

그래서 심정적으로는 그래미 시상식을 보고 싶지 않았지만, 멤버들의 성화 때문에 어쩔 수가 없었다.

"이걸 귀찮아서 안 본다고?"

"형······. 그건 진짜 좀 너무하네요."

"시온아. 저 앨범에는 GOTM 친구들의 눈물이 어려 있어. 그리고 그중 85% 정도는 네가 울린 거야."

"그럼 나머지 15%는 뭔데요?"

"우리가 사 온 떡볶이 먹으니까 맵다고 울던데?"

세달백일은 몇 달간 동고동락했던 GOTM과 상당히 친해진 상태였다.

GOTM이 미국으로 간 이후에도 종종 전화를 할 정도로.

구태환의 해설에 따르면, 같이 지옥의 조교에게 훈련을 받아서 친해진 훈련병들과 같단다.

군대도 안 가 본 놈이 비유는 무슨.

아니 생각해 보니까 지옥의 조교가 나인 건가?

어쨌든 그렇게 시청한 그래미 어워드는······.

-Congratulation!
-G.O.T.M!

GOTM이 두 개의 본상을 받았다.

올해의 앨범과 최우수 신인이었다.

올해의 앨범은 4개의 본상 중에서 가장 위상이 높은 상이었다.

이는 머지않은 미래에 본상 부문이 6개의 제너럴 필드로 바뀌었음에도 마찬가지였다.

영미권은 트랙의 가치보다 작품으로써의 앨범의 가치를 더 높게 치기 때문이었다.

올해의 앨범은 가수에게만 주어지는 상이 아니라, 앨범 제작에 관련한 모든 이들에게 주어지는 상이다.

단, 앨범 플레이 타임의 1/3 이상에 관여를 해야 하는데, 이번에는 특별했다.

거기에 부합되는 사람이 나랑 GOTM밖에 없으니까.

심지어 믹싱, 마스터링 엔지니어조차 내가 맡았었다.

이번만큼은 HR이 좋아하는 백인 특유의 사운드가 아닌, 나와 함께했던 시절의 GOTM 냄새를 내고 싶었으니까.

GOTM은 두 개의 본상 이외에도 마이너 부문에서 2개의 상을 휩쓸어서 4개의 상을 받은 그래미 위너가 됐다.

아마 한국 언론이 난리를 피우는 중이지 않을까 싶다.

이 소식을 전하는 이들이 절반일 거고, 내 인터뷰를 따고 싶어서 고군분투하는 이들이 절반일 거고.

하지만 나는 언론보다는 세달백일 멤버들이 어떤 표정

을 지을지가 더 관심이 있었다.

그들은 몽롱한 눈으로 수상 소감을 내뱉는 GOTM을 바라보고 있었다.

"우리도 언젠간 저기에 닿을 수 있을까?"

누가 꺼낸 말인지 모르겠다.

최재성이었는지, 이온 형이었는지, 온새미로였는지, 구태환이었는지.

어쩌면 모두가 동시에 꺼낸 말일 수도 있었다.

하지만 뭐가 됐든 내 대답은 딱 하나였다.

"당연하지. 나 없었으면 저 앨범도 없었어."

그리고, 내 소속은 세달백일이다.

우리가 저기에 닿는 것은 소망이 아니라, 미래에 다가올 확정적인 일이다.

"재수 없지만 좀 든든하네."

온새미로의 말과 함께 그래미 시상식이 막을 내렸다.

* * *

[GOTM, "한시온이 없었으면 이 앨범의 그 어떤 것도 세상에 나오지 않았을 것."]

[메이저 부문 2개, 마이너 부문 2개로, 2019 그래미 최다 수상자가 된 GOTM. 여전한 한시온 앓이?]

[수상 소감의 모든 부분을 잠식한 4글자. ZION.]

[한시온이 GOTM과 다시 한번 앨범을 작곡할 확률은?]

[한시온의 쿨한 축하. GOTM에게 딱 한 마디. "ABSOLUTELY"]

대한민국이 난리가 났다.

그동안 그래미 한국 수상자가 없는 건 아니었다.

클래식 부문에서 수상을 한 이들은 제법 있었고, 엔지니어로 두 번이나 수상한 황병준 레코딩 엔지니어도 있었다.

최초의 한국인 수상자는 오페라의 여왕이라고 불리는 조수미였고.

하지만 이는 모두 클래식 부문의 성과였고, 대중음악 부문에서는 전무했다.

그걸 한시온이 깨트린 것이었다.

최우수 신인상이야 GOTM의 것이라고 치부할 수 있지만, 올해의 앨범상은 아니었으니까.

마이너 부문이었던 올해의 록 앨범과 올해의 록 레코딩도 마찬가지였고.

시끄럽지 않을 수가 없었다.

-와 진짜. 이게 맞나 싶다??

-그니까ㅋㅋㅋㅋ 본상 수상ㅋㅋㅋㅋㅋㅋㅋ 개쩐다.

-나 진짜 커밍업 넥스트에서 '왜 타이거가 아니고 라이언이죠?' 묻던 한시온 보고 또라이라고 생각했었는데....

-악ㅋㅋㅋ나도 그거 기억남

-근데 그게 고작 2년 전임; 2년만에 최대호에게 평가받던 아티스트가 그래미 위너가 됐음;

-호들갑 ㅈㄴ 떠네ㅋㅋㅋ 한시온이 수상한 것도 아닌데.

-윗댓은 뭔 개소리냐. 한시온이 현장에 안 가서 그렇지, 수상자로 기록됐는데ㅋㅋㅋㅋ

-ㅂㅅ인가 올해의 앨범은 앨범에 참여한 사람들한테 주는 거임. 마이너 상들도 그렇고.

-저 유학생인데 현지도 난리에요.

-왜요?

-역대 올해의 앨범 중에서 수상자 수가 가장 적어서요. 원래는 적게는 열 명에서 많게는 서른 명까지도 함께 받는 상인데, 1 프로듀서 + 1 밴드라고ㅋㅋㅋㅋ

-하... 진짜 아깝다. 역사에 길이 남는 사진 한 방 남기지... 한시온은 대체 왜 불참한 거지?

-안 가는 게 쿨하고 멋있어 보인다고 생각한 듯;

-힙시온ㅠㅠㅠㅠ 컨셉질 그만하라고ㅠㅠㅠㅠ

-이 정도면 컨셉이 아니라 태생인 듯....
-그래도 GOTM이 언급한 것만 열 번이 넘어감ㅋㅋㅋ 누가 그거 모아 놓은 영상도 있더라.
-수상 소감 말고 인터뷰 포함하면 거의 이십 번 가까이 됌ㅋㅋㅋ

 사람들은 어마어마하게 떠들어 댔고, 언론도 쉬지 않고 그래미 관련 내용들을 받아 썼다.
 하지만 한시온이 침묵하기에 결과적으로는 관심이 다른 곳으로 이동할 수밖에 없었다.
 바로, 세달백일의 3집 앨범이었다.

-개똑똑하네ㅋㅋㅋㅋ
-미친놈이 3집 앨범 홍보하려고 안 간 건 아니겠지?
-힙시온이면... 가능하다....

 특히 〈3 = 3〉이라는 새로운 슬로건이 나온 이상, 이에 대한 토론도 피어날 수밖에 없었다.

-쉽게 생각하면 3월에 3집인데....
-아닐 거 같지?
-ㅇㅇ 힙시온이 그렇게 쉽게 갈 리가 없음.

-유닛 3개 합치면 3집이라는 거 아닐까?

-그건 아닐 듯. 비슷한 거 할 힙시온도 아닐뿐더러, 표기도 좀 애매하잖아.

-삼삼한 앨범이란 뜻 아니야?

-아저씨. 가서 주무세요....

이런 상황 속에서 일말의 불안감을 느끼는 이들이 있었다면, 그건 바로 티티였다.

정확히 말하자면 초창기 티티였다.

이제 세달백일의 팬덤을 뜻하는 타임 트래블러는 아이돌 그룹의 서포터만을 뜻하지 않았다.

세달백일의 팬클럽에 가입한 이들의 수가 어마어마하게 많아졌기 때문이었다.

3집 앨범의 선주문이 공홈을 통해서 진행되기도 하고, 그냥 세달백일이 좋아진 이들도 많았다.

마싱으로 유입된 이들도 있었고, 쇼미로 유입된 이들도 있었다.

가수 지망생들도 많았고, 그룹 사운드를 좋아하는 나이 지긋한 이들도 많았다.

그러니 팬클럽 내부에서도 성격적으로 다른 계층들이 생겨날 수밖에 없었다.

크게 보자면 세 부류로 나눌 수 있었는데, 첫 번째는

초창기 티티를 필두로 한 '아이돌 세달백일'을 좋아하는 이들이었다.

이들은 아직도 1집 앨범 〈THE FIRST DAY〉의 감동을 잊지 못하고 있었다.

TFD는 한국 아이돌 역사상 가장 완벽한 앨범이었으며, 아이돌 작법의 음악성을 극한으로 끌어올린 앨범이었다.

컬러풀 스트러글, 레주메, 스테이트 오브 마인드, 핀포인트, 홀리데이, 서머 크림…….

이 모든 트랙이 들어 있었던 이 앨범은, 이제는 가요 산업의 바이블이 되어 버렸다.

대중 가수인데 상업 예술이 아닌, 순수 예술이 하고 싶다고?

얼마든지 해.

세달백일만큼 할 수 있다면.

이게 최근 1년 내에 론칭된 오디션 프로그램 심사위원들의 단골 멘트였으니까.

두 번째 부류는 뭐가 됐든 상관없으니 '세달백일의 음악'을 좋아하는 이들이었다.

이들은 보통 2집 앨범이나, 셀프 메이드를 통해 유입이 된 팬층이었다.

20대 남성부터 40대 남성까지가 주된 그룹이었는데,

이들의 특징은 세달백일의 서사나 캐릭터에는 크게 관심이 없다는 것이었다.

그냥, 세달백일이 발매하는 모든 노래가 좋다.

왜냐하면 세달백일은 단 한 번도 그들을 실망시킨 적이 없으니까.

마지막 세 번째 부류는 그들이 뭘 좋아하는지도 모르고, 세달백일을 좋아하는 이들이었다.

정확히 말하자면 맹목적으로 한시온의 음악을 좋아했다.

사오이가 쇼미를 우승한 이후에는 힙합을 외쳐 댔고, GOTM이 대박 난 이후에는 밴드를 외쳐 댔다.

이런 어마어마한 혼란의 도가니 속에서 초창기 티티들은 불안할 수밖에 없었다.

세달백일이 아이돌 음악을 안 할까 봐 불안한 게 아니었다.

무슨 앨범을 내도 특정 계층은 만족하지 못할 게 뻔히 보이기 때문이었다.

-시간을 좀 두고 앨범을 냈어야 하는데….
-그러니까… 팬덤 내부를 정리를 좀 했어야 하지 않을까…?

그러나 그들이 모르는 건, 더 이상 세달백일의 팬덤은 정리가 되지 않는다는 것이었다.

그 수가 너무 많았으니까.

오죽하면 세달백일 팬들만 모아도 광역시 하나는 만들 수 있다는 농담까지 있었다.

그렇게 시간이 흘렀고……

3월이 되었다.

사람들은 3월이 되면, 세달백일이 구체적인 컴백 타임 테이블을 공개할 줄 알았다.

하지만 아니었다.

3월 1일이 되는 자정, 00시.

⟨MAKE IT BLUE⟩.

다짜고짜 12트랙짜리의 풀렝스 앨범이 세상에 공개된 것이었다.

그리고…….

그 앨범은 아무도 상상하지 못했던 장르의 음악을 담고 있었다.

세달백일의 3집 앨범 발매가 예고된 이후, 꽤 많은 사람들이 앨범의 컨셉을 추측했다.

이는 비단 한국에서뿐만이 아니었다.

GOTM의 충격적인 그래미 석권 이후, 자이온과 SBI라는 케이팝 그룹은 더는 무명이 아니게 되었으니까.

한국의 추측글이 외국으로 수출되기도 했고, 외국의 추측글이 한국으로 수입되기도 했다.

그중 가장 많은 지지를 받은 의견이 있다면 힙합과 밴드의 만남이었다.

한시온은 쇼미에 출연하면서 '이런 충동은 처음 느껴본다'는 식의 언급을 몇 번 했었다.

그리고 그때마다 탄생한 레전드 무대들은 밴드 사운드를 기반으로 하고 있었다.

이는 꼭 록 밴드에 대한 이야기가 아니었다.

한국은 밴드라고 하면 록 장르를 스탠다드로 깔아 버리는 편견이 있지만, 외국에서는 그렇지 않다.

[자이온은 변화와 변주를 좋아하지만, 그렇다고 극적일 정도로 장르를 뒤트는 스타일은 아니야. 그가 발매한 케이팝 앨범만 봐도, 의외로 케이팝의 작법을 충실히 지키고 있지.]

[본인이 출연한 서바이벌에서 힙합 리듬과 밴드를 섞는 모습을 여러 번 보여 줬고, SBI에서 마지막으로 발매된 음원은 랩싯이었어.]

[게다가 GOTM으로 밴드 사운드에 대한 실험도 끝냈

지. 당연히 이번 앨범은 밴드-힙합 사운드의 크로스 오버일 거야.]

이 같은 의견은 여러 번의 설왕설래를 통해서 가장 주류의 의견으로 채택되었다.

물론 이걸 믿지 않는 이들도 많긴 했다.

-아, 외국 성님들이 힙시온을 잘 모르네. 밴드 사운드 만들다가도 댓글 보고 틀어 버린다고ㅋㅋㅋ
-ㄹㅇㅋㅋㅋ

하지만 대안 없는 비판은 공허한 것처럼, 한국 네티즌들도 외국에서 출발한 이 의견을 받아들이고 있었다.

반대로 세달백일이이 가장 발매하지 않을 것 같은 장르도 두 개나 있었다.

첫 번째는 힙합이었다.

사오이로 재미를 본 한시온이 힙합 앨범을 만들 수 있겠다는 생각을 할 수도 있지만, 한시온의 성격상 그럴 리가 없다.

두 번째는 정통 케이팝이었다.

케이팝이란 장르는 하나의 특성을 가진 장르라기보다는 역사를 통해 누적된 장르다.

하지만 그럼에도 '정통'이라고 불릴 만한 느낌은 있었다.

정제되어 있지만, 희망찬 느낌이 있고, 사운드를 꽉 채우면서도 멜로디보다 리듬을 중시하는 느낌.

동시에 후렴과 후킹 포인트에 공을 들이고, 명백한 춤을 출 수 있는 BPM 안에서 만들어지는 장르.

물론 모든 노래가 이렇게만 만들어지는 건 아니지만, 케이팝을 좋아하는 이들이라면 어느 정도 공감할 수 있는 장르적 특징이었다.

그리고 한시온은 이걸 할 리가 없었다.

한시온은 성격상, 변화 없이 따박따박 가는 안전 지향형의 플레이를 좋아하지 않았기 때문이었다.

한데…….

-아니 이게 뭐야
-진짜? 진짜 정통 케이팝이야?

3집 앨범 〈MAKE IT BLUE〉가 그것이었다.

앨범의 1번 트랙이 딥하우스로 시작해, 마지막 트랙이 뭄바톤으로 끝난다.

타이틀곡은 트로피컬 하우스고, 후속 활동곡은 복고 느낌이 살짝 나는 일렉트로닉 댄스홀.

이리 봐도 정통 케이팝이고, 저리 봐도 정통 케이팝이다.

심지어 앨범 발매 이후의 행보 역시 그러했다.

앨범 발매와 함께 올라온 2주간의 활동 테이블도 여느 아이돌 그룹과 다를 게 없었고, 뮤직비디오도 그랬다.

티저를 공개하지 않고 다짜고짜 앨범을 발매했다는 것만 제외하면, 작법부터 때깔까지 정통 케이팝이었다.

단, 다른 점이 하나 있었다면.

-ㅋㅋㅋㅋ야 음악에서 돈 냄새 나는 거 봐라ㅋㅋㅋㅋ
-아니 후렴 ㅈㄴ 좋은데?
-원래 케이팝이 듣기 좋기로는 최고긴 하지. 케이팝 싫다는 놈들도 쇼핑몰 가서 별생각 없이 듣고 있잖아.
-약간 그런 거 같네. 최고 수준에 오른 고수의 평범한 일격. 근데 실제로는 엄청난 깨달음이 담긴 절초인 거지.
-ㅋㅋㅋㅋㅋㅋㅋㅋㅋ비유 봐라.

퀄리티가 어마어마한 수준이라는 것이었다.

첫 주 차 음방 할동의 첫 번째 직캠이 공개된 이후로는 더욱 그랬다.

-군무 개빡세네;

-세달백일 이제 관절 안 갈아 넣어도 되는 연차 아니냐.
-연차는 연골 갈아 넣을 시기긴 한데, 위치가 아니지.
-딱딱 맞는 거 좀 신기하네.

뮤직비디오도 오랜만에 그들의 세계관을 확장시켰다.
시간 여행을 하는 세달백일의 설정상, 이번 뮤직비디오도 과거로 향하는 내용이었다.
하지만 먼 과거로 향하진 않았다.
고작해야 2년 전 정도?
뮤직비디오에서 정확한 프로그램 타이틀이 나온 건 아니었지만, 알 만한 사람은 다 아는 시기였다.

-커밍업 넥스트네ㅋㅋㅋㅋㅋ
-그치? 세달백일 멤버들이 커밍업 넥스트로 돌아간 거 맞지?
-ㅇㅇㅇ 저 심사위원석에 있는 호랑이 인형은 최대호 아니냐?
-오 그러네ㅋㅋㅋㅋ 근데 뭐 저렇게 귀여운 인형을 놔둔 거지.
-이제 귀엽다는 거지.
-큐트대호ㅋㅋㅋㅋㅋㅋㅋㅋ

뮤직비디오 속 세달백일 멤버들은 '과거의 어떤 경연 프로그램'으로 돌아가, 그들의 무대를 맘껏 선보였다.

조금 재미있는 씬으로는, 테이크씬 멤버들이 선배 아이돌 그룹으로 카메오 출연을 했다는 정도?

완벽하게 세달백일-테이크씬의 증오 서사를 갈무리하는 장면이었으며, 최대호의 악행 서사에 포인트를 주는 영리한 뮤직비디오였다.

그렇게 공개된 2편의 뮤직비디오에서 세달백일 멤버들은 두 번의 무대를 선보였고, '과거의 어떤 경연 프로그램'을 우승했다.

세달백일의 앨범 활동은 굉장히 순조로웠다.

그들은 차트를 석권했고, 앨범 작업물도 호평을 받았다.

물론 이런 정통 케이팝을 싫어하는 이들도 적지는 않았다.

-아.... 내가 세달백일에게 원한 건 이런 게 아니었는데....

-노래는 생각 없이 듣기 좋은데, 좀 아쉽네.

-케이팝이 원래 뇌 활용 50% 정도로 듣는 장르인데, 세달백일 앨범은 70% 정도로 듣게 되는 듯.

-ㅇㅇ 딱 이 정도.

원래 사람은 논리보다 감성을 우선하는 경우가 많은 동물이었다.

이해할 수 없는 아이돌 뮤직에 대한 반발심을 가지고 있는 부류들은 세달백일의 앨범을 썩 긍정적으로 평가하지 않았다.

노래는 좋지만, 세달백일이 이걸 해야 하나?

이건 세달백일만 할 수 있는 게 아니지 않나?

이런 식이었다.

물론 앨범을 아주 좋게 들은 이들은 여기에 발끈하기도 했다.

-헛소리 하네ㅋㅋㅋ 이 정도 퀄리티를 세달백일 말고 누가 할 수 있다고ㅋㅋㅋㅋ

-노래만 좋은데 아주 힙스터 망상병들 납셨음ㅋㅋㅋ

본래라면 이런 식의 논쟁은 끝이 나지 않는 영원한 싸움이었다.

하지만 놀랍게도 끝이 나 버렸다.

이유는 간단했다.

-그들의 열정과 사운드는 정말 놀라워 :)

-한 치의 오차도 없이 딱딱 맞는 춤에서 쾌감을 느끼

는 사람은 나밖에 없어?

-난 오히려 자이온이 이런 음악을 해서 너무 좋아. 그는 더 복잡하고 진취적인 사운드를 뽑을 수 있음에도, 완벽히 대중을 배려했어.

북미권에서 어마어마한 반응이 몰려온 것이었다.

처음 대한민국의 기획사들은 이러한 반응이 세달백일과 자이온에 대한 선호도 때문인 줄 알았다.

하지만 캐릭터에 대한 선호도라고 보기에는 음원의 소비량이 지나치다.

이 정도 소비량을 만들어 내려면 일반 대중들까지 적극적으로 소비를 해야 한다.

즉, 이건 가수에 대한 선호도 있지만, 장르 자체에 대한 선호도가 생긴 것이었다.

한국 엔터테인먼트들 중에서도 꾸준히 북미에 도전하는 이들이 있었다.

케이팝이 전 세계에 먹힐 음악이라는 명제를 굳게 믿고.

그런 이들은 세달백일이 문을 열었다고 생각하며, 해외 활동을 서둘렀다.

개중에는……

"데이터 표본은 적은데, 지표가 너무 좋은데요?"

"표본 수가 적어서 과장됐을 확률은 있지만……. 가능성이 있어 보입니다."

원래도 월드스타가 됐을 LMC와 프라임 타임도 있었다.

이들은 한시온이 기억하던 역사보다 더 빠르게 데뷔했고, 더 저조한 성과를 냈다.

세달백일이라는 괴물이 앞길을 가로막았기 때문이었다.

하지만 해외 시장에서는 어떻게 될지 모르는 일이었다.

세달백일이라는 괴물이 미리 길을 터 준 셈이 됐으니까.

그사이, SBI 엔터의 서승현 본부장은 상당히 당황하고 있었다.

"아니, 이렇게까지 데이터가 좋다고?"

그는 세달백일을 서포트하는 사람치고는 케이팝이 해외 시장에서 먹힐 확률이 낮다고 생각하는 사람이었다.

그동안 세달백일의 앨범이 해외에서 미친 듯이 팔려 나간 건, HR 코퍼레이션과 컬러스 미디어의 힘이 크다고 생각했다.

또한 국경을 가리지 않는 한시온의 음악성 덕분이라고 생각했고.

하지만 이번 앨범은 서승현이 듣기에도 완벽한 케이팝

작법이다.

그 수준이 어마어마하게 높을 뿐, 의외로 특별할 건 없다.

한데, 너무 잘 팔리는 게 의아할 지경이었다.

'한시온의 말이 맞았나?'

한시온은 종종 언젠간 케이팝이 세계 무대에서 메이저 장르로 취급받는 날이 올 거라는 이야기를 했으니까.

처음 들었을 때는 바람이라고 생각했는데, 어쩌면 정확한 분석이지 않을까?

서승현 본부장은 한시온의 능력을 정확히 알고 있는 몇 안 되는 사람이었으니까.

그렇게 세달백일의 앨범이 해외에서 인정받기 시작하자, 국내 기류도 확 바뀌었다.

자국의 문화가 타국에서 훨훨 나는 건 언제나 기분 좋은 일이니까.

그사이, 세달백일은 2주간의 국내 활동을 성실히 소화했다.

적당한 갑질을 하면서 국내의 모든 음악 방송을 돌았고, 종종 예능에도 출연했다.

앨범 제작 과정과 활동 과정을 담은 자컨도 제작했고, 실시간 스트리밍 소통이나 공홈 활동도 활발히 했다.

그러면서도 뻔히 보이는 장삿속 없이 음악과 활동만으

로 승부하는 모습을 보이기도 했다.

이번 앨범도 굿즈나 포토 카드가 어마어마하게 들어 있는 베네핏 상품으로 구성되어 있었으니까.

아이돌 세달백일을 그리던 이들에게는 꿈 같은 시간이었다.

그러나 꿈 같은 시간은 딱 2주였다.

3월 1일에 시작한 활동의 타임 테이블은 3월 14일로 끝날 예정이었으니까.

그렇게 3월 14일 저녁 10시쯤, 세달백일 멤버들이 라이브 소통을 진행했다.

다 같이 숙소에 모여서 이번 활동을 떠올리고, 앨범에 대한 이야기를 하는 시간이었다.

너무 많은 팬들이 몰려서 정확한 소통은 불가능했지만, 그래도 세달백일 멤버들은 최선을 다했다.

특히 지난 10개월간 팬에 목말랐던 최재성이 아주 진심이었고.

[정말 즐거운 시간이었습니다.]
[너무 길지 않은 시간 뒤에 금방 또 찾아올게요!]
[활동은 끝났어도 저희 앨범 MAKE IT BLUE 많이 사랑해 주세요!]

팬들은 이 다음 활동이 해외 활동이나 투어인지를 물었지만, 구체적인 답변을 듣진 못했다.

그렇게 자정이 1분 남은 11시 59분에 실시간 스트리밍이 종료되었다.

한데 딱 1분 뒤에 다시 방송이 켜졌다.

어느새 옷을 갈아입은 세달백일 멤버들이 능청스럽게 입을 열었다.

[안녕하세요! 길지 않은 시간 뒤에 돌아온 세달백일입니다.]
[저희가 갑작스럽게 컴백한 이유는…….]
[이번 앨범 MAKE IT GRAY의 프리뷰를 위해서입니다!]
[와아, 박수!]

방송을 지켜보던 티티가 모두 머리에 물음표를 띄웠다.

〈MAKE IT BLUE〉가 아니었으니까.

분명 〈MAKE IT GRAY〉였다.

느낌이 와서 허겁지겁 음원 사이트로 향한 이들은 믿기지 않는 광경을 목격했다.

3월 15일 00시.

세달백일의 3집 앨범 #2.

⟨MAKE IT GRAY⟩.

아무런 예고나 전조 없이, 새로운 앨범이 발매되어 있었다.

* * *

세달백일의 두 번째 앨범 발매에 가장 기민하게 반응한 사람은 당연히 팬들이었다.

하지만 조금 다른 의미에서 훨씬 격렬하게 반응한 이들도 있었다.

"아니 진짜!"

"검찰에 고소하자."

"이게 대체 몇 번째야?"

바로 쇼 비즈니스의 일원들이었다.

대한민국은 인구 규모치고는 쇼 비즈니스의 파이가 큰 편이었지만, 그렇다고 해서 북미처럼 넓진 않다.

미국은 뉴욕 시민이 이름만 들어 본 가물가물한 가수가 캘리포니아에서는 레전드 취급을 받는 일이 비일비재하다.

이는 시장의 파이가 어마어마하다는 뜻이었다.

하지만 한국은 아니다.

한 그룹이 압도적으로 치고 나가면, 다른 그룹은 잘못한 것도 없는데 파이가 쪼그라든다.

그러니 다른 연예인들은 남는 파이를 갈라 먹는 싸움을 할 수밖에 없는데…….

"우리 대표 또 심혈관 질환 오겠다."

문제는 세달백일은 파이를 남기지 않고 바닥까지 싹싹 긁어 먹는 그룹이라는 것이었다.

여태 이런 아이돌 그룹이 있었나 싶을 정도로 전 연령층의 선호도가 어마어마하다.

10대, 20대, 30대, 40대.

심지어 대중음악에 관심이 있는 50대까지.

모든 연령층이 세달백일을 좋아하고, 그들의 음악을 주체적으로 소비한다.

이는 90년대 후반이나 2000년대 초반의 슈퍼스타들 이후로는 다시 볼 수 없을 거라고 생각했던 선호도 그래프였다.

그러니 얼마나 많은 가수들이 세달백일의 〈MAKE IT BLUE〉의 종료 시점에 맞춰서 활동 테이블을 잡았겠는가?

한데 〈MAKE IT GRAY〉가 기습적으로 발매된 것이었다.

이번 달에는 파이를 갈라 먹을 생각이 전혀 없다는 듯이.

보통의 가수들이 이런 식의 기습 발매를 하기 힘든 것은, 방송국도 스케줄 일정이 있기 때문이었다.

하지만 지금의 세달백일은 절대적인 갑이다.

그들의 만들어 내는 음악도 그랬지만, 아직 그래미 어워드의 뽕이 다 빠지지 않은 시점이기 때문이었다.

"젠장. 내 얼굴이 그레이다."

결국 그렇게 쇼 비즈니스의 종사자들은 3월 장사를 포기할 수밖에 없었다.

제발 4월이 되면 저 미친놈들이 해외로 꺼져 주기를 바라면서.

하지만 〈MAKE IT GRAY〉가 발매된 시점부터 하루 뒤.

쇼 비즈니스 관계자들이 기겁을 할 만한 추측이 나왔다.

-사실 〈3=3〉은 쉬운 시그널이었네. 걍 3집이 3개라는 거잖아.

-엥?

-#1이 3월 1일부터 14일 활동 테이블이었고, #2가 15일부터 30일 활동임. 느낌 안 옴?

-무슨 느낌?

-3월은 31일까지 있는데, 왜 굳이 3월 30일에 #2 활동

이 종료되냐 이 말이지.

-어?

-헐ㅋㅋㅋ 31일에 #3 나오나?

-백퍼임ㅋㅋㅋㅋㅋ

-그럴듯한데?

-나 자격증 준비하느라 아직 #1도 못 들었는데ㅠㅠㅠ 어때?

-#1은 딱 MAKE IT BLUE. 타이틀에 너무 잘 어울리는 청량한 느낌이었음.

-#2는?

-GRAY가 뭘 의미하는지는 정확히 모르겠지만……. 회색빛 도시에 어울리는 음악이긴 함.

-그게 뭔 소리임?

-시티 팝 느낌 나는 밴드 사운드임. 근데 랩이 조져.

-랩?

-최재성은 진짜배기인 듯;

* * *

3집 #1인 〈MAKE IT BLUE〉는 정통 케이팝이었다.

케이팝의 작법을 고스란히 따랐고, 그 수준을 드라마틱하게 끌어올렸지만 장르의 규격을 벗어나진 않았다.

#2인 〈MAKE IT GRAY〉 역시 마찬가지였다.

팝 밴드의 작법을 답습했다.

사람들은 M.I.G가 시티 팝의 느낌을 준다고 말했지만, 엄밀히 따지면 장르적으로는 거리가 좀 있었다.

애당초 시티 팝이라는 게 세련된 도시와 어울리는 장르라는 마케팅적인 측면으로 내려진 평가였으니까.

그보다는 팝 밴드 사운드나, 펑크를 기반으로 멜로디를 내세운 록 사운드라고 부르는 게 더 맞았다.

하지만 제작자가 뭐라고 생각하든지, 결과적으로는 소비자가 생각하는 게 정답인 셈이었다.

〈MAKE IT GRAY〉는 듣자마자 고개가 끄덕여지는 멜로디컬한 연주 위로 부드러운 감성을 담아 냈다.

꼭, 축제가 끝난 뒤의 무대처럼.

한데 그 감성에 대한 평가가 참 묘했다.

누군가는 거기서 잔존한 환희를 느꼈다.

축제가 끝나고, 벅참과 흥분이 가라앉은 뒤 남은 기분 좋은 느낌.

물리적인 축제는 끝났지만, 여전히 내 영혼은 축제에 물들어 있는 느낌.

하지만 누군가는 정반대의 해석을 했다.

화려한 축제가 끝나고, 일상으로 돌아갈 때 느끼는 박탈감과 쓸쓸함.

그것을 느낀 것이었다.

심지어 누군가는 '마지막 축제'를 경험한 느낌이라고도 했고, 또 누군가는 '다음 축제를 위한 기대감'이라고도 했다.

이는 상반된 감성이었다.

마지막 축제라고 하면 인생의 피크를 찍고, 앞으로 내 인생이 내리막을 기록할지도 모른다는 일말의 불안감이 담겨 있어야 한다.

다음 축제를 위한다고 하면, 이 기쁨을 또다시 느끼고 싶다는 아련함이 담겨 있어야 했다.

이처럼 〈MAKE IT GRAY〉가 주는 느낌은 사람마다 달랐다.

본인이 만든 음악에 가타부타 말을 보태지 않는 한시온이지만, 이번에는 입을 열었다.

"그게 제가 의도했던 거였어요. 똑같은 축제를 경험해도 그 끝에 남은 감성은 다 다르니까."

"어떻게 그럴 수가 있죠?"

"사운드적으로 설명하자면 한도 끝도 없고, 마인드로만 이야기하자면 가수들이 답을 안 내렸거든요."

"답이요?"

"네. 보통 가수들과 디렉터는 이 음악으로 무엇을 주겠다고 결정을 하고 레코딩을 시작하거든요? 하지만 저희는 그렇지 않았어요."

한시온의 말을 정확히 이해하는 사람은 거의 없었다.

어설픈 프로듀서들은 뭔지 모르지만 머리에 담아 뒀고, 톱 프로듀서들은 자신의 경험을 떠올리며 한시온의 말을 어렴풋이 이해했다.

이게 참 많이 바뀐 점이었다.

불과 2년 전만 하더라도 한시온이 뭔가를 하면, 프로듀싱을 하는 유투버들이 딴지를 많이 걸어 왔었다.

한시온과 세달백일이 밉다기보다는, 그래야지만 조회수가 나오기 때문이었다.

하지만 이제는 그런 짓을 했다가는 매장을 당한다.

한시온이 인기가 있어서라기 보다는 그래미 위너이기 때문이었다.

-그래서 넌 그래미 받아 봄?

어설프게 어그로를 끌려고 하면, 이런 댓글로 도배되는 걸 볼 수가 있었으니까.

게다가 실제로도 한시온의 작곡은 비판할 게 없는 수준이기도 했다.

그는 수백 년 동안 작곡에 매진해 온 사람이었으니까.

그러니 한시온이 그렇다면 그런 것이었다.

하지만 여기에 약간의 비밀이 있다면, 〈MAKE IT GRAY〉는 의도로 탄생한 곡은 아니라는 것이었다.

멤버들과 영감을 교류하며 수많은 곡이 탄생했고, 그중 완성되지 않는 느낌의 곡들이 참 많았다.

1절은 완성했지만 후렴이 없다거나, 후렴은 나왔는데 왠지 벌스와 어울리지 않았다던가.

그런 미완의 것들이 주는 느낌을 일관되게 모아서 밴드 사운드로 재탄생시킨 트랙들이 〈MAKE IT GRAY〉였다.

그러니 GRAY가 의미하는 바는 사람들이 말하는 것처럼 회색의 콘크리트도 아니고, 태양 빛을 반사하는 달의 속살도 아니었다.

타고 남은 재를 뜻했다.

그들의 영감과 열정을 불태웠지만 답을 찾지 못한 채 떨어진 재.

그것들을 모아서 만들어 본 무언가인 셈이었다.

* * *

데이터만 놓고 보면 〈MAKE IT GRAY〉는 #1이었던 M.I.B보다 더욱 잘 됐다.

우선 은근히 '아이돌 세달백일'에 아쉬움을 표했던 이들이 두 팔 벌려 환영한 게 컸다.

#1의 음원은 소비했지만, 앨범은 사지 않았던 이들의 지갑이 우수수 열렸다.

재미있게도 이는 해외 역시 마찬가지였다.

'자이온은 좋아하지만 케이팝 앨범을 사긴 좀 그래'라고 이야기하던 백인 구매층이 앨범을 어마어마하게 사들였다.

이는 어찌보면 당연한 결과기도 했다.

가장 최근에 자이온이 북미 시장에 충격을 줬던 것이 〈G.O.T.M〉이었다.

그리고 이건 밴드 앨범이었다.

그런 자이온이 또다시 밴드 사운드의 앨범을 냈으면 치트키나 다름이 없었다.

물론 GOTM처럼 머신이 보여주는 폭발적인 사운드와 연주를 기대했던 이들은 살짝 실망했지만, 실망은 오래가지 않았다.

-들으면 들을수록 좋아.
-이 앨범은 3회 차 플레이부터 진짜를 느낄 수 있어.
-〈MAKE IT GRAY〉라는 타이틀이 너무 잘 어울리는 음악이야.
-거대한 축제가 끝난 이후 도쿄의 밤거리를 보여 주는 것 같아 :)

-그는 한국인이야. 이 댓글을 싫어할 수도 있어.
　-왜?
　-한국과 일본은 사이가 좋지 않거든.

　다회차 플레이를 하면 할수록 앨범에 담겨 있는 깊은 맛이 드러나기 때문이었다.
　여기서 한국과 다르게 논란이 된 게 있다면, 앨범의 연주를 GOTM이 했느냐였다.

　-이건 무조건 GOTM의 연주야. 키보드와 드럼은 애매하지만, 기타와 베이스에서 GOTM의 냄새가 너무 많이 나.
　-나도 그렇게 생각한 적이 있긴 한데, 제작 정보에는 GOTM의 이름이 없는걸?
　-협업이 아니라, 단순한 세션맨이었다면 빠질 수도 있어.
　-그래미 위너를 그렇게 대접하는 프로듀서가 어디있겠어?
　-앨범을 제작할 당시만 해도 그래미 위너가 아니었으니까.
　-다들 자이온이 디렉팅의 악마라는 GOTM의 인터뷰를 못 들어 봤어? 자이온이 직접 쳤을 거야.

-그건 말이 안돼. 디렉팅을 잘한다고 연주를 잘하는 거 아니야.
-아직도 자이온의 시사이드 하이츠 영상을 안 본 놈이 있군.

미국에서 시작된 이 논란에 대한 여론은 60% 정도는 GOTM이 세션맨이었을 거라고 믿는 느낌이었다.
그렇다고 나머지 40%도 자이온이 직접 쳤을 거라고 말하는 건 아니었다.

-다른 악기 플레이어를 구했을 수 있어.
-그는 밴드의 구세주야. 무명이었던 GOTM 스타로 올려 준 게, 자이온이었다고.
-그들의 첫 번째 라이징 싱글인 PLAYERS도 자이온의 레코딩과 SBI의 보컬이잖아?
-엥? 그게 한국 가수들이었어?

부정적인 여론은 아니었지만, 답이 필요하긴 했다.
그리고 그 답은 간단했다.
한시온의 그들의 유투브 채널에 작업 일지를 올린 것이었다.
앞서 나왔던 #1과 관련된 자컨처럼 아기자기하고 멤버

들의 캐릭터성이 강조되는 영상은 아니었다.

그보다는 훨씬 건조했고, '천재 한시온'을 부각하는 연출이었다.

이는 서승현 본부장이 의도한 바로, 그는 이미 외국에 형성된 '악마 자이온'의 이미지를 훼손시키지 않고 싶었다.

GOTM이 온갖 토크 쇼에서 자이온이 악마라고 신나게 떠들어 댔는데, 거기서 벗어날 이유를 찾지 못한 것이었다.

그리고 이건 먹혔다.

왜냐하면, 유투브 채널에 올라간 영상에 '모든 악기'를 다루는 한시온의 모습이 잘 담겼기 때문이었다.

정답만 말하자면 M.I.G의 모든 세션은 한시온이 직접 친 것이었다.

드럼만 VST 가상 악기를 이용했을 뿐이었다.

사람들이 놀란 것은, 한시온의 악기 플레이 수준이 GOTM과 맞먹는다는 것이었다.

심지어 한시온이 더 높은 수준의 플레이어처럼 보이기도 했다.

〈G.O.T.M〉은 굉장한 앨범이었지만 수백 번의 리테이크 중에서 가장 좋은 트랙을 뽑아낸 앨범이었다.

하지만 영상 속 한시온은 많이 연주하는 법이 없었다.

똑같은 악보를 보며 베이스로 총 3번을 연주했는데, 그 느낌이 다 다르다.

첫 연주 때는 빅터 우튼 같았고, 두 번째 연주 때는 스탠리 클락 같았고, 세 번째는 마커스 밀러 같았다.

순위에 대한 이견이야 있겠지만, 명실상부 세계 최고의 베이시스트 3인방이었다.

한시온은 세 명의 베이스를 다 표현하고는 가장 좋은 느낌을 가져다 썼다.

기타도 마찬가지였다.

때론 에릭 스캇처럼 과감하면서 폭발적으로 연주했고, 때론 에릭 클랩튼처럼 느림의 미학을 표현했다.

이쯤되니 무슨 음악의 악마처럼 보일 지경이었다.

-이 영상을 보는 악기의 플레이어들에게 애도를 보내.
-절대 절망하지 마. 이건 자이온이 미친놈인 거야.

그렇게 순식간에 2주라는 시간이 흘렀다.

이제 모두들 3월 31일에 3집 앨범의 #3가 나온다는 걸 기정사실로 받아들이고 있었다.

세달백일이 이를 부정하지 않았기 때문이었다.

그리고 3월 31일이 되었을 때.

⟨MAKE IT RAINBOW⟩

3집 앨범의 마지막을 장식할 세 번째 앨범이 발매되었다.

* * *

⟨MAKE IT BLUE⟩는 아이돌 작법을 극한으로 끌어올린 앨범이었고, ⟨MAKE IT GRAY⟩는 밴드 사운드를 기반으로 멜로디컬함을 극한으로 끌어올린 앨범이었다.

그렇다면 세 번째 앨범은 뭘까?

사람들은 나름대로 세 번째 앨범의 장르를 추측했는데, 그중 가장 그럴듯한 건 '블랙 뮤직'이었다.

이는 세달백일의 행보 때문이었다.

세달백일이 지금껏 해 온 음악을 크게 나누자면 딱 세 부류였다.

케이팝, 그룹 사운드, 블랙 뮤직.

앞선 두 개의 앨범이 딱 두 개의 장르에 맞춰서 나왔으니, 남은 건 블랙 뮤직뿐이었다.

사실 세달백일은 블랙 뮤직 기반의 리듬을 꽤 적극적으로 활용하는 팀이었다.

한시온이 쇼미에서 우승을 차지했고, 최재성이 래퍼가

됐다는 이야기를 하는 게 아니다.

그전에도 그랬다.

지금이야 도입부만 주어지면 전천후로 소화해 내는 구태환도, 초창기에는 투포 리듬의 레이백을 기반으로 성장했으니까.

그렇기 때문에 많은 사람들은 세달백일의 3집 #3가 〈MAKE IT BLACK〉일 거라고 추측했다.

하지만 3월 31일.

막상 나온 앨범의 타이틀은 레인보우였다.

그러나 타이틀이 중요한 건 아니었다.

블랙 뮤직을 하더라도 그 안에 담긴 의도에 따라 RAINBOW라고 표현할 수 있으니까.

그렇게 사람들은 음원 사이트로 향했고, 세달백일의 세 번째 앨범인 〈MAKE IT RAINBOW〉를 청취했다.

듣기도 전에 세달백일의 공홈으로 가서 앨범을 구매하는 이들도 있었고.

#1, #2를 산 사람 중에 #3를 사지 않을 사람은 없으니까.

그렇게 공개된 앨범에 대한 대중들의 반응은……

-아 좀 애매한데.
-그러게;

-애매하다기보다는 사운드가 많이 어렵다…?
-ㅇㅇ… 귀에 안 꽂힘.
-멜로디나 리듬에서 야마를 못 느끼겠는데.
-이게 #1이었으면 실망했을 듯?

별로였다.

　　　　　　　＊　＊　＊

 어떤 네티즌의 댓글처럼 #3가 세달백일의 3집 중 첫 번째 시리즈였다면, 반응이 좋지 않았을 것이었다.
 하지만 #1과 #2가 워낙 큰 호평을 받았기 때문에 #3가 아쉬워도 다들 그러려니 했다.

-하나쯤은 하고 싶은 거 했나 보지, 뭐.
-듣다 보니 나쁘지 않은데?
-세달백일에 대한 기대치가 워낙 높아서 그렇지, 이게 보통 가수가 낸 앨범이었으면 호평받았을 거임.
-내 생각은 반대인데.
-ㅇㅇ?
-지금까지 세달백일이 해 온 게 있어서 오히려 이미지 보정받는 거 아님?

-나도 그렇게 생각함.

-그래도 한시온 대단하지 않나? 이런 거 하고 싶은데도 대중들한테 맞출 줄도 아는 거잖아.

-아니 반응이 왜 이래? 난 #3가 제일 좋은데? 1, 2랑 비교가 안 될 정도로.

-나도나도. 듣다 보니 짜릿했는데 좀 당황스럽네.

-힙스터들 ㅎㅇ

〈MAKE IT RAINBOW〉는 장르를 정의하기 어려운 앨범이었다.

전체적으로는 사이키델릭 록처럼 몽환적인 느낌이 강했다.

하지만 사이키델릭 록이 사장되고 발전한 게 담백한 루츠 록이나, 소프트 록인 것에는 이유가 있었다.

대중들은 예상 가능한 사운드를 좋아한다.

신선한 사운드 진행이라고 호평받는 트랙들도 사실 90% 정도는 이미 존재하는 작법을 따른다.

나머지 10%에서 얼마나 특별한 맛을 내는지가 관건이었다.

그런 의미에서 한 치 앞도 예상할 수 없는 사이키델릭 록이 사장된 것인데, M.I.R은 곡의 진행이 예상이 안 간다.

소프트하고 말랑말랑한 멜로디가 필요한 순간에 거친 드럼이 쏟아진다든가, 펑 터져야 할 것 같은 부분에 갑자기 무반주가 나온다.

 사람들은 이게 한시온이 예술적인 욕심으로 만든 곡이라고 생각했다.

 하지만 전혀 아니었다.

 M.I.R에 수록된 대부분의 트랙들은 한시온이 아닌, 세달백일 멤버들의 영감이었다.

 한시온은 지난 수백 년 동안 '대중들을 위한 사운드'를 만드는 것에 몰두한 사람이었다.

 어떤 소리를 뽑아내도 몸에 밴 습관 때문에 대중을 고려한다.

 오히려 M.I.R처럼 대중의 예상을 벗어나는 걸 못 만드는 것이었다.

 그럼에도 불구하고 한시온이 M.I.R을 낸 이유는 딱 한 가지였다.

 세달백일 멤버들이 표출해 낸 영감 속에서 무언가를 느꼈기 때문이었다.

 그 무언가는 언어로 표현하기 참 힘들었다.

 에고라고 부를 수도 있고, 음악성이라고 부를 수도 있을 것 같다.

 나쁘게 표현한다면 예술병이나 선민의식이라고 부를

수도 있을 것이다.

하지만 뭐가 됐든 상관없었다.

그동안 A부터 Z까지 한시온의 손에서 창조되던 세달백일의 음악에서, 한시온의 것이 아닌 게 튀어나왔으니까.

그래서 한시온은 자신의 방식을 버렸다.

73개의 트랙을 재창조하고, 재구성해서 내는 앨범은 한시온의 방식일 뿐이다.

지난 몇 달간 토해 낸 영감을 브레인 스토밍 정도로 취급하는.

원래의 한시온이었다면 이걸 당연하게 여겼다.

하지만 이번에는 달랐다.

그걸 보존하고 싶어졌다.

왜인지는 정확히 모르겠지만, 어렴풋이 짐작 가는 이유는 있다.

어느 순간 '한시온의 세달백일'이 아니라, '세달백일의 한시온'이 되었기 때문이었다.

그렇게 만들어진 앨범이 3집 앨범의 대미를 장식하는 M.I.R인 셈이었다.

〈MAKE IT RAINBOW〉의 판매량은 3개의 시리즈 중 가장 저조했다.

하지만 어마어마한 차이가 나진 않았다.

#1과 #2를 산 이상, #3까지 사야지 소장이 완성되는 느

낌이 있었기 때문이었다.

그러니 #3에 크게 만족하지 않은 이들도 기꺼이 앨범을 구매했다.

애초에 디자인 자체가 3개를 한 번에 세워 놔야지만 예쁘게 만들어지기도 했고.

이렇게만 말하면 #3가 #1과 #2의 인기에 업혀 간 것 같은 분위기였다.

하지만 자세히 들여다보면 한 가지 이슈가 있었다.

소비자의 대다수는 #3에 큰 감흥을 느끼지 못했지만, 소수는 달랐다.

특정 부류의 사람들은 M.I.R을 세기의 명작으로 생각했다.

그들이 흔히 말하는 힙스터라던지, 인디병에 걸려서 그런 게 아니었다.

음원 사이트 톱 100만 듣는 이들 중에도 이런 이들이 있었고, 평생 힙합만 들어 온 매니아들 중에도 이런 이들이 있었다.

그들조차도 자신들이 왜 #3에 열광하는지 이유를 알지 못했다.

하지만 듣는 순간 어마어마한 충격을 받았고, 하루 종일 #3의 트랙들을 들었다.

심지어 이걸 듣고 난 이후부터는 다른 음악들이 심심해

졌다는 이야기도 했다.

특히 해외 평론가들 중에서 이런 이들이 많은 편이었다.

그래서 〈MAKE IT RAINBOW〉의 해외 평점이 공개됐을 때, 논란도 있었다.

대중들에게 명반으로 취급받는 앨범들도 3.8~3.9인 경우가 많았는데, M.I.R이 무려 4.1을 받았기 때문이다.

참고로 #1인 M.I.B는 3.4였고, #2인 M.I.G는 3.6이었다.

그럼에도 불구하고 꽤 많은 사람들은 저러한 평점이 평론가들의 선민의식이라고 생각했다.

〈MAKE IT RAINBOW〉를 다시 돌려 봐도, 특별한 점을 느끼지 못했기 때문이다.

하지만 소수의 사람들은 뭔가를 느끼기도 했다.

한 치 앞도 예상이 가지 않았던 음원도 여러 번 듣다 보면 익숙해지기 마련이다.

그 익숙한 뒤에 숨은 뭔가에서 짜릿함을 느낀 것이었다.

[5년, 어쩌면 10년 뒤에 이 앨범은 다시 평가받을 것이다. 2010년대의 끝을 고하며 탄생한 명반으로.]

그래서 평론가 중 일부는 이러한 논지의 평론을 게재하기도 했다.

하지만 재미있게도 한시온을 비롯한 세달백일은 #3를 둘러싼 이슈에 큰 관심이 없었다.

이제 그들의 시선은 해외 활동과 콘서트로 향하고 있었으니까.

* * *

3월을 꽉 채웠던 세달백일의 앨범의 여파는 4월까지 이어졌다.

동종 업계의 종사자들에게는 참으로 잔인한 시절이었다.

세달백일이 예능에 친화적인 그룹이 아니라는 게 그나마 다행이었을 정도로.

그러니 그들이 조국의 통일보다 간절히 바라는 건 딱 하나였다.

"언제 해외로 꺼지는 거야?"

"국내에서 더 할 게 없잖아……. 제발 좀 가 줘……."

세달백일의 해외 진출이었다.

보통 해외 진출을 하면 2~3년 정도는 국내 활동에 소홀해지니, 그 사이에 밀린 신인들도 데뷔시키고 컴백도 쏟아낼 예정인 것이었다.

그때쯤 희소식이 들려왔다.

세달백일이 해외 활동 소식을 알린 것이었다.

처음엔 모든 쇼 비즈니스의 종사자들이 기쁨의 비명을 내질렀지만, 자세히 들여다보니 뭔가 좀 애매하다.

5월부터 9월까지는 해외 활동을 하는 게 맞다.

3집 앨범의 해외 프로모션도 가고, 섭외된 해외 공연도 하고, GOTM과 합동 콘서트도 할 예정이었으니까.

하지만 9월에 한국으로 돌아온다.

그리고는 9월부터 11월까지 국내 투어를 돌고, 12월 초에 서울에서 앵콜 콘서트를 3차례 기획했다.

"아니 타임 테이블이 뭐 이래?"

"SBI 새끼들 아무것도 모르는 거 같은데, 나 좀 데려가 주면 안 되나? 가서 열심히 일할 자신 있는데."

"서승현 본부장이나 박승원 대표가 너보다 모르겠냐?"

"팩트로 갈구지 마."

업계 종사자들이 이런 반응을 보이는 것은 세달백일의 활동에 명확한 방향성이 보이지 않기 때문이었다.

해외 활동을 하면 했고, 국내 활동을 하면 했지, 이 애매함은 뭐란 말인가?

저럴 거면 차라리 국내 콘서트를 끝낸 다음에 해외 진출을 해야 한다.

아무리 세달백일이 해외에서 인지도를 쌓았다지만, 그걸 인기로 연결하는 건 다른 문제니까.

그럼에도 불구하고 그동안 세달백일이 해 온 업적들이 있기 때문에 사람들은 'SBI에 어떤 플랜이 있겠지.'라고 생각했다.

아직 공개되지 않은 어떤 활동 때문에 어쩔 수 없이 해외와 한국을 오가야 한다든지 등등으로 말이었다.

하지만 그런 건 없었다.

오히려 이런 일정을 격렬히 반대한 사람이 서승현 본부장이었다.

사람들의 의견처럼 뭔가 애매하니까.

하지만 이번만큼은 한시온이 양보하지 않고 밀어붙였다.

"표현이 잘못됐습니다. 이번만큼은 양보하지 않다뇨? 항상 양보한 적이 없잖아요?"

"……콘서트를 정말 잘하고 싶어서 그래요."

한시온은 답지 않게 이런저런 핑계를 대면서 일정을 고수했고, 결국 어쩔 수가 없었다.

한시온이 만든 활동 테이블에 맞춰 최대한 어울리는 일정을 채워 넣는 수밖에.

그러나 여기에는 아무에게도 말할 수 없는 이유가 있었다.

2020년이면 코로나가 발생하기 때문이었다.

보다 엄밀히 말하면 코로나는 2019년 발생한 것이지만, 팬데믹이 선포되는 것은 2020년 3월이다.

즉, 2020년 해외 일정을 아무리 잡아봤자 단 하나도 소화할 수가 없다.

스케줄이 많으면 괜히 엔터테인먼트 측에서 큰 혼란만 야기할 뿐이다.

그러니 한시온은 2019년 12월을 기점으로 깔끔히 종료되는 스케줄 테이블을 만든 것이었다.

게다가 최재성이 돌아왔으니, 그동안 미뤄놓았던 해외 스케줄을 최대한 빠르게 소화하려는 것이고.

당연한 이야기지만 2020년이 되면 가장 큰 승자는 SBI 엔터가 될 수밖에 없다.

그들은 어마어마한 사내 유보금을 확보해 놓았으며, 스케줄도 깔끔히 비워 놓았다.

방향성을 제시하는 한시온은 쇼 비즈니스 업계가 코로나에 어떤 영향을 받을지도 속속들이 알고 있다.

그러니 세달백일이 월드스타가 되는 것은 2019년이 아니라, 2020년일 것이었다.

그러나 지금 설명할 수 있는 일이 아니기 때문에 억지를 쓰고 있는 중이었다.

그렇게 시간이 흘렀고.

2019년 5월 3일.

세달백일 완전체가 처음으로 해외 활동을 위해 출국했다.

Album 26. 실력 행사

과거에는 사람들이 쇼 비즈니스와 현실을 정확히 구분하지 못했다.

당장 한국만 해도 오래된 배우들의 이야기를 들어 보면, 악역을 연기하다 보면 지나가는 대중들에게 욕을 먹었다고 했으니까.

그러나 이건 옛날 이야기고, 이제는 시대가 변했다.

대중들은 쇼 비즈니스가 꾸며진 쇼라는 걸 안다.

수많은 자본과 인력이 투입되어 가장 아름다운 모습을 연출한다는 걸 안다.

그렇기 때문에 사람들은 어느 순간부터 '진짜'와 '가짜'를 구별하기 시작했다.

선하게 연출된 연예인의 본성이 선하지 않다면 그건 가

짜다.

천재로 포장된 가수의 재능이 무난하다면, 그것도 가짜다.

반대로 남자답기로 소문난 스타의 실제 성격이 이미지 그대로라면, 그건 진짜다.

이런 의미에서 말하자면 한시온은 진짜였다.

그가 진짜라는 건 의심할 여지가 없다.

한때는 의심을 받았지만, 이제는 해 온 일이 너무나 많아서 의심이 무의미했다.

심지어 이는 영미권에서도 그랬다.

가장 처음 한시온이 영미권의 눈에 띈 것은 시사이드 하이츠의 연주에서였고, 이후에는 빌보드의 올드 스타들을 섭외해 만들어 낸 앨범이었다.

처음에는 자이온의 역할이 얼마나 되느냐에 대한 논쟁이 살짝 있었지만, HBO의 다큐멘터리 때문에 이는 사라졌고, 사운드 팩트에 출연하면서 의심은 완전히 불식되었다.

한국에서는 말할 필요도 없었다.

지난 시대의 한국 3대 보컬이었던 도재욱, 주성한, 박창현이 입을 모아서 하는 이야기가 있다.

한시온은 다른 챕터의 사람이라는 것이었다.

한국의 가요계는 도주박을 끝으로 하나의 챕터가 끝이

났고, 새롭게 시작되는 챕터의 주인공이 한시온이라고.

이는 '어나더 클래스'라는 말을 부드럽게 돌려서 한 것뿐이었다.

그러나 이건 한시온에 국한된 이야기였다.

애석하게도 세달백일은 이 정도 인정까지는 받지 못했다.

그래도 한국에서는 괜찮다.

커밍업 넥스트에서부터 시작된 그들의 노래는 유튜브를 관통했고, 스테이지 넘버 제로의 우승자를 만들어 냈으며, 마스크드 싱어를 폭격했으니까.

하지만 북미권에서는 아니었다.

그들은 케이팝에 대한 편견을 가지고 있었으며, 아시아 가수에 대한 편견이 있었다.

수많은 동양계 미국인이 괜히 모국에서 가수 도전하는 게 아니었다.

긴 빌보드의 역사를 따져 봐도 타국에서 미리 인기를 얻은 스타가 아니라면, 미국에서 데뷔 시즌을 보내는 아시아 가수는 거의 없었으니까.

그러니 이번 해외 활동의 목적은 자이온이 아닌, SBI란 그룹을 해외의 대중들에게 인식시키는 것이었다.

애초에 몇 달의 활동만으로 월드스타가 될 수 있다는 희망 같은 건 품지 않았다.

언론이야 월드스타라는 단어를 손쉽게 사용하지만, 이는 어마어마하게 어려운 일이다.

인지도와 인기는 완전히 다른 말이니까.

세달백일이 진짜 세계적인 인기를 갖게 되는 것은 팬데믹 이후가 될 것이라는 게 한시온의 계획이었다.

전염병으로 인해 오프라인 세상이 무너지고, 온라인 세상이 주류가 되는 시기.

그때는 할 수 있는 일들이 많았으니까.

그러니 지금 세달백일이 해야 하는 일은 이미지를 만드는 일이었고, 활동 데이터를 쌓는 일이었다.

이 이미지와 데이터가 연속성을 가지고 팬데믹까지 이어질 것이었으니까.

그런 의미에서 첫 번째 활동 예능을 거르는 건 아주 쉬웠다.

이제는 아예 유투브로 둥지를 옮긴 보니와 로니의 팟캐스트.

사운드 팩트였다.

* * *

"오랜만이야. 잘 지냈지?"
"잘 지냈지. 네가 보냈다는 앨범은 여전히 도착하지 않은 채로."

"날 욕할 게 아니라, 페덱스(미국의 운송 업체)를 욕해."

"내가 진짜 궁금해서 그러는데, 보내긴 보낸 거야?"

"보냈어. 아마도?"

"아마도는 뭐야?"

"쪼잔하게 굴지 마. 지금 주면 되잖아?"

한시온이 보니와 로니에게 앨범을 주면서 세달백일 멤버들을 소개했다.

이제 세달백일 멤버들도 영어를 곧잘 했다.

연습실에 함께 몇 달 처박힌 사이 GOTM이 한국어를 배웠듯이, 세달백일도 GOTM에게 영어를 배운 덕이었다.

그 이후로 틈틈이 한시온에게 레슨을 받기도 했고.

재미있는 점은 세달백일 멤버들이 사용하는 영어가 캘리포니아 스타일이라는 것이었다.

한때 한시온이 스페인 가이일지, 캘리 가이일지를 토론했던 보니와 로니 입장에서는 호기심이 들기도 했다.

"한국도 바다와 가까운 나라지? 그래서 다들 해변 도시의 영어를 쓰는 건가?"

"나한테 배워서 그래."

이들과 세달백일의 사담은 그렇게 길지 않았다.

보니와 로니는 방송에 대해 진실성을 가져야 한다고 생각하는 사람이기에, 방송 직전에 출연진들과 사담을 나누는 편이 아니었다.

성격을 파악하기 위한 가벼운 인사를 하거나, 아니면 그조차 안 하는 걸 좋아했다.

그래야지만 방송에서 리얼한 첫 만남의 감상이 나간다고 믿었기 때문이었다.

그렇게 잠깐의 인사 뒤에 방송을 준비하는 시간이 있었고, 곧장 팟캐스트가 시작되었다.

사운드 팩트는 여전히 팟캐스트에 동시 송출하고, 프로그램의 풀네임도 〈Sound Facts Podcast〉였다.

하지만 이제는 프로그램의 무게 중심이 완연히 유투브로 기울어 있었다.

듣기만 하는 쇼에서, 보는 쇼로 바뀐 것이었다.

물론 그래도 프로그램의 정체성을 지키기 위해서 듣기만 해도 괜찮은 식으로 방송을 진행하긴 했다.

하지만 유투브가 메인이 되면서 더 많은 광고 수익과 인지도를 얻게 된 것도 사실이었다.

그래서 방송의 첫 시작이 이것이었다.

"이게 어떻게 된 거야? 스튜디오가 이렇게 좋아졌는데, 왜 대체 나한테 돌아온 건 아무것도 없지?"

아직 오프닝 인사도 안 했는데, 화면 밖에서 날아온 목소리에 채팅창이 들끓었다.

사운드 팩트의 열혈 시청자들에게는 QG는 잊을 수 없는 존재였고, 그들의 자부심이었다.

자이온이 북미 시장에 얼굴을 알린 건 사운드 팩트가 아니지만, 인지도를 쌓게 된 건 사운드 팩트 덕분이었으니까.

"젠장. 동양인들은 겸손하다고 했는데."

"그거 인종 차별이야."

"겸손한 게 어디가 어때서?"

결국 제대로 된 오프닝 없이 세달백일 멤버들이 우르르 화면 안으로 들어왔다.

한데, 한시온만 당당한 게 아니었다.

"와우. 미국의 쇼에 출연하는 건 처음이야."

"반가워요. 여러분."

"Hola!"

한시온을 제외한 세달백일 멤버들도 카메라를 보며 거리낌 없이 떠들고 있었다.

억양 때문에 그런지, 캘리포니아에서 날아온 파이브맨 밴드처럼 보일 지경이었다.

심지어 한시온의 사운드 팩트 복습을 끝낸 최재성은 첫 인사로 스페인어를 선택하기도 했고.

이 모습에 보니와 로니는 살짝 당황했다.

분명 대기실에서 가벼운 인사를 나눌 때는 조용조용한 친구들이었던 것 같았기 때문이었다.

이는 한시온이 설정한 세달백일의 활동 컨셉이었다.

미국에서 워낙 오랫동안 활동을 해 왔기에 어떤 게 이미지 형성에 도움이 되는지를 잘 알고 있다.

빌보드는 스스로의 재능에 대한 믿음과 자부심으로 똘똘 뭉친 가수들이 살고 있는 곳이다.

물론 내성적인 사람이 없는 건 아니지만, 그 내향성 안에는 분명 재능에 대한 자부심이 있다.

그렇지 않으면 살아갈 수 없는 시장이기 때문이었다.

좀 잔인한 이야기지만, 백인은 내성적이어도 된다.

흑인도 내성적이어도 된다.

하지만 아시아인은 안 된다.

조용조용하고 성실한 프로토타입이 아시아인이 되어 버리면 재능을 어필해야 하는 가수로서 불리하다.

심지어 세달백일은 더 불리하다.

SBI는 인지도가 없지만, 자이온은 아니다.

자이온은 천재적인 재능을 가지고 있으며, 보니와 로니를 놀려 줄 만큼 유쾌하고, 쾌활한 이미지다.

이건 이미 형성된 이미지고, 바꿀 수도 없다.

한데 다른 멤버들이 조용조용하게 군다면, 자칫 잘못하면 SBI는 '자이온과 친구들'이 되어 버릴 확률이 높다.

그렇게 되면 SBI로 월드 레코드를 갱신해야 한다는 한시온의 목표 달성은 힘들어진다.

그래서 일부러 영어도 캘리포니아 스타일로 가르쳤고, 멤버들에게 신신당부도 했다.

작업실에서처럼 하라고.

사실 세달백일 멤버들은 은근히 외향적인 사람들이 많았다.

이이온과 최재성은 대놓고 외향적인 사람이었고, 구태환은 말을 아끼는 습관이 들었을 뿐이지 말수가 적은 사람은 아니었다.

대놓고 내향적인 사람은 온새미로밖에 없었다.

세달백일 멤버들도 쇼 비즈니스를 이해하고 있었고, 한시온의 오더를 이해했다.

그래서 지금의 형태가 나온 것이었다.

"젠장. 난 자이온만 특이한 놈인 줄 알았는데, 그게 아니었네."

보니가 그런 말을 하고 있는데, 로니가 댓글창을 가만히 보다가 세달백일을 살피기 시작했다.

남자가 남자를 볼 때는 외향적인 부분을 크게 신경 쓰지 않는다.

특히 보니와 로니는 사운드에 미친 사람들이었기 때문에 가수들의 비주얼을 크게 고려하지 않았다.

한데, 댓글을 보다 보니 뒤늦게 깨달은 게 있었다.

여성 시청자로 보이는 이들의 댓글이었는데…….

"잠깐만. 다들 몸이 왜 그래?"

"몸?"

"벌크업 시즌이라도 되는 거야?"

백인들의 눈에 세달백일 멤버들의 얼굴은 꽤 어려 보인다.

한시온은 특유의 보스 같은 분위기 때문에 어려 보이는 편은 아니지만, 자세히 뜯어보면 어리다.

나머지 세달백일 멤버들도 마찬가지였다.

하이스쿨의 신입생 정도로 보일 뿐이었다.

한데, 몸이 잔뜩 성이 나 있다.

머슬핏으로 딱 붙은 옷을 입어서 그런 게 아니다.

평범한 티셔츠를 입고 있는데도 잔뜩 성이 나 있는 게 보일 지경이다.

입을 연 것은 의외로 온새미로였다.

"GOTM 친구들이 그랬잖아? 시온, 아니 자이온이 녹음실의 악마였다고?"

"그랬지. 그거 꽤 유명해졌지. 데이브 로건이 울었다며?"

"꽤 많이 울었어. 이 이야기를 들으면 로건이 싫어하겠지만."

"근데 그 이야기는 왜 꺼내는 거야?"
"사실 자이온은 녹음실의 악마가 아니야."
"그럼?"
"GYM의 악마지."

진심이 100% 담긴 온새미로의 말에 세달백일 멤버들도 뒤늦게 몸을 부르르 떨었다.

생각해 보면 그랬다.

그들의 리더인 한시온은 세달백일이 최대호를 걷어차고 독립했을 때부터 어마어마하게 운동을 강요했다.

물론 그 덕에 활동기가 많이 편하긴 했다.

아예 슬림한 몸을 유지하는 것보다는 탄탄한 몸을 유지하는 게 식단적으로 더 쉬웠으니까.

활동기와 비활동기의 갭도 그다지 크지 않고.

하지만 도움이 되고 안 되고를 떠나서 정말 지옥 같은 트레이닝이었던 것도 사실이었다.

"우리는 정말 안 싸우는 팀이거든? 정말로 싸운 기억이 별로 없어."
"솔직히 말하자면 자이온한테 혼난 기억만 많지, 싸운 적은 없어."
"한데, 우리가 유일하게 화를 낸 공간이 GYM이었던 것 같아."
"녹음실에서 '한 번만 다시' 소리를 들을 때면 그러려니

하지만, GYM에서 '한 개만 더'를 들으면 참기 힘들더라고."

대본에도 없던 이야기였는데, 세달백일 멤버들의 분노가 촤르륵 토해졌다.

심지어 네 명이 한 마디씩 보태는데, 이미 정해 놓은 말인 것 같다.

그리고 누가 봐도 100% 진심이었다.

보니와 로니가 뒤늦게 정신을 차렸다.

"잠깐만, 우리 쇼는 이런 이야기를 하는 곳이 아니야."

"너희가 이번에 낸 앨범은 정말 그럴듯했어. M.I.B, M.I.G. 그리고 M.I.R. 우리 M.I.B 이야기부터 해보자고."

그러나 이이온이 고개를 저었다.

그들은 한시온에게 운동 사육을 당하면서 귀에 박히게 들은 이야기가 있었다.

미국에서는 이 몸이 먹힌다.

미국 진출을 할 거면 운동을 게을리해서는 안 된다.

당시에는 최대호 때문에 음악 방송도 못하고 있었는데 무슨 미국인가 싶었다.

그래도 한시온이 무서워서 크게 반항하지 못했을 뿐이지.

하지만 정말 미국에 왔다.

이 이야기는 더 해야 한다.

"혹시 복근과 복식 호흡에 대한 이야기를 좀 해도 될까?"

그 말을 하는 이이온은 정말로 절박해 보였고…….

정말로 잘생겨 보였다.

자이온에 대한 관심으로 사운드 팩트에 들어왔던 모든 여성 시청자들이 비명을 지를 정도로.

"그, 시온아?"

"네."

"눈빛이 좀 무서운데……."

"이온 형. 형 얼굴은 지금 당장 미국에 가도 먹혀요. 무조건 먹혀요."

"응?"

"근데 몸은 안 먹힐 거예요. 제가 먹히게 만들어 드릴게요."

"……응."

언젠가 한시온이 했던 말이 실현되는 순간이었다.

보니와 로니는 물론이고, 한시온조차 예상하지 않았던 일이지만, 그들의 미국 활동의 시작은 이랬다.

* * *

이온 형이 잘생겼다는 건 진작 알고 있었다.

처음 이온 형을 봤을 때부터 저 얼굴이면 미국에서 앨범 팔 때도 편할 거라고 생각했으니까.

하지만 뭐라고 할까.

100% 진심으로 그렇게 받아들인 건 아니었다.

정확히 표현하자면, 내가 이온 형의 얼굴이었어도 2억 장은 불가능할 거라고 생각했다.

사람들이 얼굴을 보고 앨범을 사는 건 아니니까, 약간의 베네핏 정도라고 생각했지.

한데.

"……."

돌아가는 꼴을 보니까 내 생각이 틀린 것 같다.

아니 뭐, 이게 이렇게까지 화제가 될 일인가?

진짜 어이없는 건, 사운드 팩트가 유튜브에 업로드되고 3일 만에 12곳의 할리우드 제작사에서 연락이 왔다는 것이었다.

이온 형이랑.

"왜?"

"……아냐."

구태환 때문에.

구태환은 한국에서도 특정 부류의 팬들에게 엄청난 어필을 하는 외모였는데, 이게 미국에서도 똑같다.

이온 형처럼 반응이 폭발적인 건 아니었지만, SBI 엔터가 수집하는 내부 데이터가 엄청나게 촘촘하다.

외모 같은 거에는 초탈한 지 오래라고 생각했는데, 뭔가 좀 억울하다.

진짜로 내가 이온 형처럼 생겼으면 2억 장을 팔았나?

물론 당장 활동 계약을 맺자거나, 배우로 데뷔시켜 주겠다는 제작사들은 전부 어중이떠중이였다.

12곳 중에서 10곳 정도는 무시해도 되는 곳이다.

하지만 조심스럽게 미팅을 한번 해 보자고 연락한 나머지 2곳은 진짜배기들이다.

아무튼 이게 중요한 게 아니고, 우리는 미국 시장에 성공적으로 얼굴 도장을 찍었다.

내가 생각한 것보다 훨씬 파괴적이었으며, 진취적인 형태로.

이온 형과 구태환의 얼굴이 열일을 한 것과는 별개로, 우리의 음악은 충분히 경쟁력이 있다.

몇 번이나 생각하는 건지 모르겠지만, 구태환을 제외하면 세달백일에서 재능이 S급인 사람은 없다.

하지만 현재 가지고 있는 능력은 S급이다.

정확히 말하면 최재성은 래퍼로 전향한 지 얼마 안 돼서 아직 어설픈 부분이 많지만, 번뜩이는 걸 보면 머지않았다.

우리의 라이브 클립은 엄청난 조회 수를 기록했고, 3개의 앨범을 통해 각기 다른 매력을 보여 주었다.

M.I.B의 수록곡을 부를 때는 케이팝 특유의 매력을 시청자들에게 보여 줄 수 있었고, M.I.G를 부를 때는 팝 밴드 사운드의 느낌을 물씬 전달했다.

M.I.R은 미국에서도 호불호를 많이 탄다.

20%의 극호와 80%의 불호를 가지고 있다고 해야 하나?

한국에서는 세 개의 앨범 시리즈의 판매량이 비슷비슷했다.

M.I.R이 마음에 들지 않더라도 3부작을 전부 소장하기 위해서.

하지만 미국에서 〈MAKE IT RAINBOW〉는 별로 안 팔렸다.

내 예상보다 훨씬 더.

그래도 괜찮다.

시간은 기니까.

* * *

세달백일의 미국 활동은 조용히 전개되었다.

만약 자이온만 활동을 하는 것이었다면, 이것보다는 훨씬 시끌벅적하게 할 수 있었을 것이었다.

1집 앨범을 함께 만들었던 빌보드의 스타들과 함께 쇼에 출연을 한다든지, 그래미 위너 앨범이 된 〈G.O.T.M〉과 관련된 활동을 띌 수 있었을 테니까.

하지만 SBI 엔터는 무조건 세달백일이 완전체로 출연하길 원했고, 이는 많은 선택지들을 지우게 되었다.

사실 SBI 엔터와 수익 쉐어 계약을 맺고 세달백일의 미국 활동을 지원하는 HR 코퍼레이션과 컬러스 미디어는 아쉬워했다.

한시온 혼자서 활동을 한다면 이것보다 훨씬 많은 일을 할 수 있을 거고, 1집 앨범과 2집 앨범의 판매량을 끌어올릴 수 있을 것이었으니까.

심지어 누군가는 한시온이 정 때문에 일을 그르친다고 말하기도 했다.

하지만 한시온은 애초에 이번 활동으로 스타가 될 생각이 없었고, 코로나 이후 전개될 온라인 시장에 얼굴을 내밀 수 있는 신뢰 정도만 쌓을 생각이었다.

그리고 신뢰를 쌓는 최고의 방법은 누가 뭐래도 실력이다.

지역 방송국에서만 송출되는 마이너한 쇼나, 라디오 방송, 팟캐스트, 유튜브 등등을 순회하기 시작한 것이었다.

한데, 놀랍게도 이게 한시온이 예상했던 것보다 훨씬 파괴력을 가지기 시작했다.

그러면서 세 가지 소문이 돌았다.

첫째로, 세달백일이 진짜배기들이라는 것이었다.

미국은 한국보다 훨씬 더 쇼원도 이미지가 많은 산업이다.

로큰롤의 상징과도 같은 엘비스 프레슬리는 그의 매니저 톰 파커 대령의 조언에 따라, 군대에 자원입대했었다.

그가 원했던 것은 '바르고 착한 남자'의 이미지였다.

기성 세대가 로큰롤에 대해 너무나 큰 거부감을 가지고 있었으니, 그것을 타개하는 비책으로 입대를 한 것이었다.

그리고 이건 제대로 먹혔다.

엘비스 프레슬리로부터 시작된 젠틀한 이미지가 로큰롤이라는 장르 자체를 바꿔 버렸으니까.

미국은 이런 나라였고, 이미지를 위해서라면 뭐든지 하는 곳이었다.

심지어 연애조차.

그러다보니 '한국에서 히트를 친 케이팝 그룹'의 실력을 곧이곧대로 믿는 것도 웃긴 일이었다.

정보를 객관적으로 취급할 줄 아는 이들은 자이온만 제대로 된 뮤지션일 거라고 생각했고, 편견으로 판단을 내리는 이들은 자이온조차 만들어진 천재일 거라고 생각했다.

하지만 이런 편견이 부서지는 건 순식간이었다.

"저 친구들은 뭐지?"

"아, 이번에 저희 쇼에 출연한 케이팝 가수들입니다."

"케이팝? 한국?"

"예."

"어쩌다가?"

"혹시 출연이 마땅치 않으십니까?"

"귀가 있으면 그런 소리가 나올 수가 없지 않나? 순수하게 물어보는 거야."

지역 방송국의 사장이 세달백일의 실력에 감탄해서 그들의 노래를 라디오에 추천한다든가, 추가 방송 기회가 잡히기 시작한 것이었다.

물론 모든 행운이 좋은 이미지에서 시작된 건 아니긴 했다.

아시아인을 싫어하는 프로듀서가 실수인 척 MR 세션에 장난을 친다든가, 리허설 없이 바로 무대에 투입되는 경우도 있었다.

그럼에도 불구하고 세달백일에는 아무런 문제가 없었다.

"이거 마이크 세팅이 이상한데?"

"왜요?"

"하이를 다 깎아 놨네. 온새미로."

"응?"

"너, 나랑 파트 바꿔. 그리고 이온 형이 구태환 파트로 가고, 구태환은 이온 형 파트로 가는데 최대한 키를 낮춰서 불러."

"최대한이 얼마인데?"

"네가 생각하기에 듣기 좋을 만큼만 낮춰. 한 키 다 낮추면 좀 촌스러울 거니까……. 본능에 맡겨 봐."

한시온은 문제를 파악할 수 있었고, 솔루션을 제시할 수 있었다.

그리고 세달백일은 솔루션을 실시할 수 있었다.

이런 일이 몇 번 있자, 무대가 끝나면 얼굴을 붉히며 사과를 하는 사람도 있었다.

물론 그런 사람은 소수였고, 대다수는 오히려 씩씩거리곤 했다.

한시온은 그들에게 어떤 말을 건네진 않았지만, 얼굴은 기억했다.

한시온 본인은 부정하지 몰라도, 그는 뒤끝이 상당히 긴 편이었다.

두 번째로 도는 소문은 세달백일의 상품성에 대한 이야기였다.

음악을 아무리 잘해도 타국에서 건너온 소심한 아시아인들로 돈을 벌기란 쉽지 않다.

결국은 미국 내 동양인을 겨냥하는 프로젝트를 통해서 돈을 벌어야 하니까.

하지만 세달백일은 좀 달랐다.

완벽한 네이티브인 한시온의 지휘 아래, 각자의 매력을 뽐낸다.

말투 때문에 그런지 모르겠는데, 동양에서 건너온 쾌활한 캘리 가이들을 보는 것 같다.

누군가는 그 갭을 눈여겨보았다.

"각 나라를 대표하는 루키들을 모아서 넷플릭스 쇼를 좀 만들려고 하는데, 어떻게 생각해요?"

"각 나라?"

"미국도 있을 거고, 캐나다도 있을 거고, 중국도 있을 거고."

"루키의 기준은 뭡니까?"

"글쎄요. 아이디어 레벨이라서. 아마 데뷔 5년 차 이하여야 하지 않을까 싶은데."

"재밌네요. 관심 있어요."

쇼 연출자들은 사람의 매력을 돈으로 바꾸는 연금술사들이었고, 그들이 세달백일에게 이런저런 관심을 보이기 시작한 것이었다.

그리고, 한시온은 이런 일에 능숙한 사람이었다.

"SBI 엔터는 어마어마한 사내 유보금을 가지고 있죠.

그 돈을 쇼에 투자한다면 우리가 주인공이 될 수도 있으려나요?"

"음."

"제가 성급했나요?"

"노노. 그런 음흉한 요구는 제작 단계에서 가장 반가운 제안이죠. 돈과 방향성. 두 마리 토끼를 다 잡는 일인데."

세 번째 소문은 한시온에 대한 것이었다.

자이온은 좀 이상하다.

보통의 사람들은 재능이 한 곳에 몰려 있기 마련이었다.

음악과 사업을 둘 다 잘한다는 평가를 받는 셀럽이 없는 건 아니었다.

하지만 그런 사람들은 사업을 잘한다기보다는 돈 냄새를 잘 맡는 것이었다.

돈 냄새를 사업의 형식에 맞춰 기획하고, 만들어 내는 건 다른 영역이었으니까.

그런 의미에서 세달백일을 벗겨 먹기 위해서 접근했던 사업가들은 한시온의 사업 감각에 두 손 두 발을 들 수밖에 없었다.

그뿐만인가?

고작해야 20대 초반밖에 되지 않았는데, 모든 게 능숙하다.

 호의를 선의로 되돌려줄 줄도 알고, 악의를 두려움으로 만들어 내는 능력도 있다.

 그러면서 음악에도 최고의 재능을 가지고 있다.

 "저런 인간이 존재할 수가 있나?"

 "사생활을 좀 캐 보는 건 어때?"

 심지어 사생활도 깨끗하다.

 마치 하늘이 뮤직 인더스트리를 위해서 내려 보낸 사람처럼.

 이런 이야기들은 처음에는 이곳저곳에서 산발적으로 퍼져 나가던 소문들이었다.

 하지만 어느 순간 하나로 뭉쳐서 뚜렷한 방향성을 가지게 되었으며, 언더그라운드에서 메인스트림으로 퍼져 나갔다.

 그렇게 한시온조차 예상하지 못했던 기회가 찾아왔다.

 "글렌스톤베리?"

 글렌스톤베리 페스티벌은 음악을 사랑하는 사람들에게는 굉장히 유명한 페스티벌이었다.

 잉글랜드의 사우스웨스트에서 개최되는 글렌스톤베리는, 1970년부터 지금까지 수많은 사람들을 유혹하고 있었다.

 페스티벌 중 가장 오랜 역사를 자랑하며, 이제는 영국

을 넘어 유럽을 대표하는 뮤직 페스티벌이라는 표현이 어울렸다.

그런 곳에서 섭외가 들어온 것이었다.

"6월에 개최되는 거 아닙니까? 라인업이 펑크가 난 건가요?"

한시온의 말에 미국 활동을 함께 하고 있는 서승현 본부장이 고개를 끄덕였다.

"팝 밴드 쪽 라인업에서 몇 팀이 펑크를 낸 모양이던데요."

"펑크를 냈다고요?"

"자세한 내막은 못 들었는데, 작년 페스티벌과 관련된 어떤 불만이 있다던 거 같았습니다."

한시온이 기억을 되짚어 봤지만, 들어 본 적 없던 일이었다.

그렇다면 아주 조용히 처리가 된 일이거나, 가끔 발생하는 일일 수도 있다.

회귀를 반복한다고 해서 세상의 모든 일이 똑같이 돌아가는 건 아니니까.

"출연 조건이 있나요?"

"있습니다. M.I.B를 공연해 달라고 하는군요."

"M.I.B만?"

"네. 아마 페스티발의 저변을 케이팝까지 넓히려는 게

아닐까요? MAKE IT BLUE는 명백한 케이팝이니까."

서승현 본부장이 그렇게 말했지만, 한시온은 고개를 저었다.

서승현 본부장이 무능한 사람은 아니지만, 겪어 보지 못한 일을 추론할 수는 없을 것이었다.

팝 밴드 라인업이 펑크가 났는데, 케이팝의 보이 밴드를 불렀다.

90% 이상의 확률로 욕받이가 필요한 거다.

아마 주최 측에서 이번 라인업 펑크를 보다 심각하게 받아들이고 있을 확률이 높다.

한시온의 말에 서승현 본부장의 얼굴이 조금은 딱딱해졌다.

"거절할까요?"

"하지만 너무 아깝네요."

글렌스톤베리는 1970년부터 매년 개최가 됐지만, 내년부터 코로나 때문에 휴식에 들어간다.

즉, 올해 열리는 페스티벌이 앞으로 몇 년 동안은 회자될 확률이 높다는 것이었다.

잠깐 고민하던 한시온은 금세 해결 방법을 떠올렸다.

"서승현 본부장님."

"네."

"이왕 욕을 먹을 거면 유명한 사람한테 먹는 게 좋겠죠?"

"네?"

"일단 섭외는 당장 오케이 하시면서, 잔뜩 흥분한 기색을 좀 보여 주세요."

"그리고요?"

"이번 페스티벌 라인업 중에서 케이팝을 싫어하는 사람들 좀 찾아봐 주세요. 유명하면 유명할수록 좋습니다."

* * *

나라고 음악계와 관련된 모든 걸 기억하는 건 아니다.

특히 페스티벌 라인업 같은 건 더욱 기억하기 힘들다.

내가 살면서 맞이한 2019년이 몇 번째인지 모르는데, 글렌스톤베리의 2019년에 대해서 상세히 기억하기는 힘들다.

만약 이 세상이 회귀자와 관련 없는 것에 한해서 절대 불변한다면 기억할지도 모르겠지만, 그게 아니니까.

분명 글렌스톤베리의 라인업도 알 수 없는 불확정성 때문에 매번 조금씩은 바뀌어 왔을 것이었다.

하지만 서승현 본부장이 가져온 2019 라인업을 보고 있으니 생각나는 게 있었다.

글렌스톤베리는 3일 동안 진행되는데, 무조건 금-토-일로 진행된다.

그리고 각각의 날에는 각 스테이지를 장식하는 헤드라이너들이 있다.

헤드라이너, 피라미드 서브 헤드라이너, 어더 스테이지 헤드라이너…….

이런 순서인데, 간단하게 설명하면 유명한 순서대로 순위가 다른 헤드라이너였다.

즉, 가장 유명한 가수 세 명이 3일 동안 그날의 헤드라이너가 되고, 그 다음으로 유명한 가수 세 명이 피라미드 서브 헤드라이너가 되는 식이었다.

물론 헤드라이너들 외에도 무수히 많은 뮤지션들이 공연을 한다.

하지만 관객들은 헤드라이너의 이름을 보고는 어떤 날 페스티벌에 참가할지를 결정했다.

그리고 2019년의 첫날, 금요일 헤드라이너는 스톰지였다.

매번 그런 건지는 모르겠지만, 내 기억상은 그랬고 이번에도 그렇다.

스톰지는 글렌스톤베리 역사상 최초의 흑인 보컬 솔로 헤드라이너였다.

미국보다 흑인에 보수적인 영국인들에게 큰 이슈가 됐던 것이 기억난다.

내가 이걸 왜 기억하냐면, 스톰지와 같은 날에 피라미

드 서브 헤드라이너(쉽게 말하자면 세컨드 헤드라이너)가 됐었던 적이 있었기 때문이었다.

아마 R&B를 할 때였던 걸로 기억하는데, 글렌스톤베리의 원투 헤드라이너가 유색 인종이라는 것에 꽤 시끄러웠던 기억이 난다.

하지만 뭐, 그다지 중요한 건 아니지.

지금 난 스톰지에게 쏠릴 이슈까지 몽땅 뺏어 버리는 일을 계획하고 있었으니까.

"본부장님, 이 라인업은 100% 확정입니까?"

"글쎄요. 원투쓰리의 헤드라이너까지는 100% 확정인데, 나머지는 살짝 불확실한 느낌도 있다더군요."

"그럼 됐네요."

어차피 난 인지도 순위의 1, 2, 3번에 들 만한 헤드라이너들의 인지도가 필요한 거니까.

그런 생각을 하며 서승현 본부장에게 받은 글렌스톤베리의 라인업을 유심히 살폈다.

그리고는 금방 세 명을 꼽았다.

웨이 져지.

브라더스 백.

제임스 오셔.

정확히 말하자면 브라더스 백은 4인조 밴드니까, 세 명은 아니네.

내 입에서 나온 세 가수들의 이름에 서승현 본부장의 눈이 흔들린다.

"정말 이 사람들을 물고 늘어지려고요?"

"제가 물고 늘어지는 게 아니죠. 저 사람들이 우리를 물고 늘어지는 거지."

"어쨌든……."

"세계 무대로 나오더니 담이 많이 작아지셨네요?"

내 말에 서승현 본부장이 아주 어이없다는 표정을 지으며 답했다.

"전 애초에 이렇게 일하는 스타일이 아닙니다만……."

"……."

생각해 보니까 그렇다.

그동안 세달백일이 벌인 과감한 일들은 다 내가 기획한 거였지.

살짝 민망해하고 있었는데, 서승현 본부장이 고개를 끄덕였다.

"진행하겠습니다."

* * *

글렌스톤베리의 토요일 헤드라이너인 웨이 져지는 중년 백인들에게는 영웅과도 같은 가수였다.

그의 첫 데뷔 앨범의 장르는 어반 R&B였지만, 로큰롤부터 펑크까지 발매한 모든 앨범으로 더블 플래티넘 이상을 기록했다.

게다가 웨이 져지가 활동했던 시대는 솔로 보컬이 드문 시기였다.

록 밴드나 그룹이 훨씬 많았고, 그 이후 시대에는 흑인 음악에 기반한 장르들이 득세했다.

그 모든 시대를 관통하고 지금까지 최상위권의 자리를 유지한 가수라는 것은, 그가 어마어마한 실력을 지녔음을 의미했다.

덕분에 살짝 오만해진 경향도 있지만, 오만할 자격이 있는 것도 사실이었다.

그럼에도 불구하고 웨이 져지는 약간의 자격지심을 가지고 있었다.

이는 그가 최상위권이긴 하지만, 톱의 자리에 올라 본 적이 없다는 점 때문이었다.

당대의 톱 10이었던 적은 많지만, 1위였던 적은 없다.

마이클 잭슨은 말할 것도 없었고, 스티비 원더, 아레사 프랭클린 등등 수많은 가수들이 웨이 져지의 머리 위에서 피어났다가 사라졌다.

물론 이는 대단한 것이었다.

수많은 가수들이 피었다가 저무는 와중에도 홀로 굳건

했다는 뜻이니까.

하지만 부와 명예를 모두 이룬 이 백인 중년은 얻지 못한 것에 대한 갈망을 갖고 있었다.

그래서 글렌스톤베리에서 헤드라이너가 아닌, 피라미드 서브 헤드라이너가 된 것이 마음에 들지 않았다.

시대가 변했다.

그는 여전히 잘나가는 가수였지만, 이제는 톱 10에는 이름을 올리지 못한다.

어쩌면 음악이 너무 늙었을 수도 있다.

하지만 쇼 비즈니스에서 롱런을 해 온 사람인만큼, 섣불리 이런 감정을 표현하진 않았다.

동양인 기자가 나타나 질문을 던지기 전까지는.

"최근 케이팝이 어마어마한 인기를 얻고 있는데, 기성세대의 오래된 영광을 도맡은 분으로서 어떻게 생각하십니까?"

"글쎄요. 어떤 음악이든 시기가 있다고 생각합니다. 떠오르는 시기가 있으면, 지는 시기도 있죠. 케이팝은 지금 떠오르는 시기라고 생각합니다."

사실 웨이 져지는 케이팝에 대해서는 잘 몰랐다.

그와 비슷한 시대의 빌보드 스타들이 케이팝 앨범에 참여하고, 인기가 제법 있다는 건 안다.

하지만 케이팝이 구체적으로 어떤 장르다라는 걸 명확

히 알고 있진 않았다.

평소 같으면 이 정도로 말을 돌렸겠지만, 지금은 단독 매거진의 인터뷰였다.

소속사에서 동양 잡지사가 인터뷰로 이 정도 거금을 내밀 줄 몰랐다고 놀랄 정도로 큰돈을 받은.

그에게는 대답을 할 의무가 있었다.

한데, 기자가 사용하는 단어들이 묘하게 거슬렸다.

마치 자국에서 시작한 케이팝이 비틀즈의 음악처럼 미국을 폭격하기라도 한 것처럼 군다.

그러면서도 웨이 져지가 해 온 음악들을 전부 구시대의 유물로 취급하기도 했다.

심지어 기자는 케이팝 아티스트의 군무 영상을 직접 보여 주기도 했다.

솔직히 말해서 이게 뭔가 싶다.

관절의 각도를 누가 누가 더 잘 맞추는가를 자랑하는 게 음악은 아니지 않나?

"글렌스톤베리는 사운드를 신봉하는 이들이 모이는 축제입니다. 2005년부터 댄스 스테이지가 생기긴 했지만, 모두가 헤드라이너의 공연을 보러 페스티벌에 오죠."

그러자 기자가 굉장히 기분 나쁜 티를 내며 답했다.

"이들이 가수가 아니라 댄서라는 건가요?"

"글쎄요. 이들의 스타성이 비디오에 기인하는지, 오디

오에 기인하는지 나는 모릅니다. 하지만 적어도 이들이 20년 전에 데뷔를 했다면 어떤 취급을 받았을지는 알죠."

"글쎄요. 이들은 지난 3년간 낸 앨범으로 수천만 장의 판매고를 올렸습니다. 웨이 져지께서는 지난 3년 동안 몇 장의 앨범을 파셨습니까?"

인터뷰가 감정적으로 치닫으려는 기미를 눈치 챈 웨이 져지의 매니저가 끼어들려고 했지만, 웨이 져지의 입이 열리는 게 더 빨랐다.

"자극성으로 앨범을 파는 이들은 언제나 존재했죠. 하지만 전부 사라졌습니다. 케이팝도 크게 다를 것 같진 않군요."

심지어 웨이 져지는 한마디를 보태기도 했다.

"그들이 스타 취급을 받을 수 있는 건, 그들의 나라에서뿐일 겁니다."

* * *

글렌스톤베리에 세달백일이 합류한다는 기사가 한국에서 반향을 일으킬 때쯤, 후속 기사들이 떠올랐다.

한데, 후속 기사들은 하나같이 듣기 불편한 이야기들이 모여 있었다.

[글렌스톤베리 피라미드 서브 헤드라이너 웨이 져지 "케이팝은 고국에서나 먹혀."]

[브라더스 백, "그들(세달백일)이 하는 음악에 록이 담겨 있다는 건, 록에 대한 모독이다."]

[글렌스톤베리 헤드라이너 제임스 오셔, "케이팝? 딱 붙는 바지를 입고 흐느적거리는 친구들 말인가?"]

하나같이 글렌스톤베리에 출연하는 출연자들이 세달백일, 혹은 케이팝에 대해 혹평한 멘트들이었다.

이 멘트는 한국에서만 화제를 얻은 게 아니었다.

-너드들의 문화는 너드들 선에서 끝내. 최고의 페스티벌에 붙이지 말고.

-그들의 음악이 인기를 얻은 건 신기해서야. 아시아인들이 이 정도 음악을 한다고? 라는 보정 효과가 없었으면 앨범이 그런 평가를 받을 수는 없었지.

악의를 품은 북미권 대중들의 이야기도 쏟아졌다.

사실 특별할 것 없는 일이었다.

언제나 케이팝이 인기를 얻는 만큼, 케이팝을 싫어하는 이들이 존재해 왔으니까.

개중에는 인종 차별주의자들도 있고, 미국 문화의 선봉

자들도 있고, 웨이 져지나 브라더스 백의 광팬들도 있었다.

심지어 케이팝을 단 한 번도 들어 보지 않은 이들도 있을 것이었다.

이번 이슈는 들불에 부채질을 하는 것처럼 손쉽게 퍼져 나갔다.

사실 글렌스톤베리 주최 측에서는 조금 당황스러운 일이었다.

그들이 SBI를 섭외한 것은 팝 밴드들이 대거 이탈한 상황에서 조용히 욕을 먹을 과녁판이 필요했기 때문이었다.

지금처럼 시끌벅적하게 욕을 먹는 건 예상 밖이다.

하지만 글렌스톤베리의 예상과는 상관없이 이슈는 계속해서 커져 나갔다.

이는 세달백일을 옹호하는 쪽에서 계속 GOTM을 물고 늘어졌기 때문이었다.

─그래미 위너인 〈G.O.T.M〉의 작곡가이자 객원 보컬이 이런 취급을 받아도 되는 거야?

원래 말싸움이 가장 격렬해지는 상황은 팩트가 갈릴 때가 아니라, 관점이 갈릴 때였다.

케이팝 옹호론자들은 자이온의 실력을 GOTM과 묶어서 가져왔고, 케이팝 비판론자들은 케이팝이란 장르 자체를 비판했다.

이는 말싸움이 되는 것 같지만, 묘하게 다른 관점인 셈이었다.

그때쯤 보니와 로니가 화끈하게 말을 보탰다.

[SBI가 실력으로 욕을 먹는 건, 웨이 져지가 서브 헤드라이너가 된 것만큼 이상한 일이다.]

당연히 난리가 났다.

아니, 사실은 난리가 나길 바라며 부채질을 하는 집단이 있었다.

"뭔가 윗사람을 뒷담 까는 느낌인데?"

"윗사람이 원한다잖아."

바로 SBI 엔터였다.

그들은 한국뿐만 아니라, 미국과 영국에도 이번 이슈가 커지도록 쉬지 않고 부채질을 하고 있었다.

한시온이 원했으니까.

한시온이 웨이 져지, 브라더스 백, 제임스 오셔에게 악감정이 있는 건 아니었다.

아니, 엄밀히 따지자면 악감정은 있다.

저 세 팀이 선택된 것은 그들이 한 번쯤은 한시온에게 인종 차별을 한 적이 있기 때문이었으니까.

하지만 언젠지도 기억 안 나는 인종 차별에 대한 복수라기보다는, 그런 인간들이 쉽게 입을 놀릴 거라는 판단 아래에서 벌어진 일이었다.

[얀코스 그린우드, "나와 같은 시대를 수놓았던 웨이져지를 욕하고 싶진 않다. 하지만 SBI는 충분히 존중받을 팀이다."]

한시온과 함께 TFD를 작업했던 이들이 참전하고 이슈가 끝을 모르고 커지던 때쯤.

한시온이 입을 열었다.

-글렌스톤베리에서 지켜봐라. 우리가 당신들의 곡을 집어삼킬 테니.

정면충돌을 선언한 것이었다.

* * *

세달백일 멤버들이 LA에 마련된 연습실로 모여들었다.

글랜스톤베리의 이슈가 너무 커져서 3일 전부터 스케줄을 멈췄지만, 그 전까지 계속 바빴기 때문에 오랜만에 연습실에 오는 느낌이었다.

세달백일 멤버들이 이곳에 모인 이유는 당연히 글렌스톤베리 때문이었다.

정확히 말하자면 그걸 위해 멤버들이 소집됐고.

이제 멤버들도 한시온에게 익숙해질 대로 익숙해졌다.

부자연스럽게 커지는 이 이슈에 부채질을 하는 게 누구인지 눈치챌 정도로.

"근데 다들 나쁜 사람들이야? 웨이 져지는 어렸을 때 꽤 좋아했는데."

온새미로의 말에 어깨를 으쓱한 한시온이 쿨하게 대답했다.

"점잖은 척하지만, 비열한 인종 차별주의자?"

"오우, 댐……."

"그 감탄사는 뭐야?"

"아, 맞다. 하도 영어만 쓰다 보니까. 그럼 브라더스 백은?"

"그냥 양아치. 그래도 솔직한 편이라서 본성까지 나쁜 놈들은 아니지. 좀 못 배워서 그래."

"제임스 오셔는?"

"쓰레기."

한시온이 알기로 제임스 오셔는 정말 쓰레기였다.

그의 소속사와 매니저가 일을 어마어마하게 잘해서 그렇지, 가요계에서 만난 사람들 중 손꼽는 인물이었다.

한시온은 별다른 증거도 없이 비난에 가까운 평가를 했지만, 세달백일 멤버들은 의심하지 않았다.

그냥 한시온이 그렇다니 그러려니 할 뿐이었다.

"그래서 시온아? 계획은 있어?"

"그 전에, 2008년 글렌스톤베리에서 무슨 일이 있었는지 아는 사람?"

당연히 손을 드는 사람은 없었고, 한시온은 간단히 2008년의 일화를 언급했다.

2008년은 래퍼 제이지가 글렌스톤베리의 헤드라이너를 맡은 해였다.

사실 래퍼가 헤드라이너를 맡은 게 처음 있었던 일은 아니었다.

사이프레스 힐이나 루츠가 더 먼저였으니까.

그럼에도 논란을 만든 건, 오아시스의 노엘 갤러거였다.

2008년은 이상하게도 글렌스톤베리의 판매량이 저조하던 해였는데, 이때 노엘 갤러거가 이게 다 제이지 때문이라는 식의 인터뷰를 한 것이었다.

글렌스톤베리는 전통적으로 기타 연주자들이 헤드라이

너를 장식해 왔는데, 제이지를 섭외한 건 잘못된 일이라고.

이 발언은 상당한 논란을 불러일으켰고, 제이지는 중요한 건 기타가 아니라 음악이라는 식으로 대꾸했다.

그렇게 끝날 줄 알았던 이슈가 재점화된 건, 제이지가 무대에 올라 오프닝곡으로 〈Wonderwall〉을 부르면서였다.

〈Wonderwall〉은 오아시스의 노래였고, 제이지가 직접 기타를 치면서 노래를 불렀으니까.

노래를 잘 부른 건 아니었지만, 어마어마한 떼창이 터져 나왔기에 가창력은 필요 없었다.

이때 사람들은 제이지의 의도에 대해서 궁금해했다.

그가 〈Wonderwall〉을 조롱하기 위해 어설픈 기타와 노래를 부른 건지, 그게 아니면 리스펙을 표한 것인지.

혹은 매시업을 한 것인지.

매시업이라고 하면 보통 두 곡을 섞는 것을 의미하지만, 꼭 그런 것만은 아니었다.

어쨌든 노엘의 곡을 제이지란 가수의 바이브로 녹여 냈으니.

한시온이 여기까지 말했을 때, 세달백일 멤버들은 '매시업'이라는 단어에서 직감했다.

-글렌스톤베리에서 지켜봐라. 우리가 당신들의 곡을

집어삼킬 테니.

멤버들은 한시온의 멘트가 꽤 의미심장하다고 생각했었다.

우리가 당신들보다 잘할 거라는 말은 쉽게 할 수 있지만, 당신들의 곡을 집어삼킬 거라는 말은 쉽게 할 수 있는 게 아니니까.

당시에는 저 말이 정확히 이해되지 않았는데, 2008년의 일화를 들으니 알겠다.

한시온은 세달백일을 공격한 가수의 곡을 이용하고 싶어 하고 있었다.

"그러니까 저 곡들을 편곡하자는 이야기지?"

"음, 정확히는 편곡이 아니에요."

"그럼?"

"노래를 분해하면 여러 가지가 나와요. 드럼이 나올 수도 있고, 기타 라인이 나올 수도 있고, 보컬의 멜로디가 나올 수도 있죠."

"그런데?"

"그것들을 저희 곡에 녹여 내겠다는 뜻이에요."

이이온은 한시온이 말하는 방식을 이해하지 못했지만, 한시온이 하려는 건 이해했다.

"그러니까 저 사람들의 곡에 들어 있는 살과 뼈를 뽑아다가 날개를 만들겠다는 거잖아?"

"정확한 비유인데요?"

"그럼 우린 뭘 하면 돼?"

"일단 제가 추출할 노래의 원곡을 모르는 사람들의 감상이 필요하고……."

그 순간, 한시온의 눈동자를 본 세달백일 멤버들은 오한을 느꼈다.

"꽤, 많은, 트레이닝이 필요하죠."

"어우, 현실감이 확 돌아오네."

"여기 한국 아니지?"

하지만 다들 알고 있기도 했다.

한시온이 저런 태도를 보일 때면 엄청난 무대가 탄생할 확률이 높다는 걸.

글랜스톤베리가 딱 3주 남은 시점에, 세달백일은 연습실에 박혔다.

* * *

당신들의 곡을 집어삼키겠다는 세달백일의 당당한 선언은 이중적인 반응을 낳았다.

한쪽은 당당해서 마음에 든다.

또 한쪽은 건방지다.

하지만 뭐가 됐든 확실한 건 있었다.

사람들이 세달백일의 무대를 궁금해한다는 것이었다.

그쯤해서 웨이 져지, 브라더스 백, 제임스 오셔 측의 매니지먼트는 상황을 이해했다.

현재의 상황이 동양에서 온 보이 밴드가 부린 수작이라는 걸.

하지만 이해하기 힘든 건, 수작의 끝이었다.

SBI가 재능 있는 보이 밴드라는 건 알겠다.

가수들은 SBI를 모를 수 있어도, 매니지먼트들은 안다.

HR 코퍼레이션과 컬러스 미디어를 등에 업고 엄청난 앨범을 팔아치웠으니까.

하지만 그래도 글렌스톤베리다.

전 세계에서 음악 좀 안다는 이들이 모이는 유럽 최고의 페스티벌.

관객들은 박수를 칠 준비를 한 이들이지만, 또한 야유를 퍼부을 준비를 한 이들이다.

SBI의 인기는 웨이 져지, 브라더스 백, 제임스 오셔와 비할 바가 못 된다.

그러니 관객들은 비평가처럼 팔짱을 끼고 SBI의 무대를 지켜볼 것이다.

정말 엄청난 무대를 선보인다면 반전을 꾀할 수 있겠지만…….

그게 무조건 가능할 거라는 자신감을 가지고 지금의 상황을 만들어 냈다?

이건 너무 과한 플랜이다.

본인들의 음악에 대한 자신감도 좋지만, 이건 자만이다.

지나친 자만감.

"어떻게 대응할까?"

대응법은 세 가수가 각기 달랐다.

웨이 져지는 인터뷰 중 사용한 표현에서 오해가 발생했다며 한 발 뒤로 뺐다.

더불어 세달백일의 무대를 기대하겠다는 멘트도 남겼다.

이는 나이가 지긋한 웨이 져지 입장에서는 어쩔 수 없는 대응이었다.

안 그래도 6~7년 전부터 젊은 층에 어필이 되지 않기 시작했는데, 괜히 Condescending(꼰대)한 이미지를 얻었다가는 피곤해진다.

브라더스 백은 제대로 들이받았다.

그들은 애초에 매니지먼트의 말을 잘 듣지 않는 이들이었고, 매니저가 뭐라고 하든 마음대로 카메라 앞에서 떠들어 댔다.

"자신감은 마음에 들었어."

"근데 자신감만으로 다 될 거면 우린 벌써 미국 대통령이지."

"제대로 보고 배우라고, 꼬맹이들."

브라더스 백은 멤버 전원이 빈민가 출신들이었다.

상대에 대한 질 낮은 비하나 인종 차별을 쉽게 하는 이들이지만, 그게 또 100% 진심은 아니다.

그냥 그렇게 살아온 이들이니까.

그러다 보니 오히려 브라더스 백은 한시온의 자신만만한 인터뷰를 보고 웃기도 했다.

마지막으로 제임스 오셔는 영리하게 불을 붙였다.

[글랜스톤베리의 전통은 어디에 갔나?]

그의 유능한 매니저는 제임스 오셔의 분노를 '케이팝에 대한 혐오'가 아니라 '글랜스톤베리의 전통에 대한 고집'으로 바꿔 놓았다.

즉, 어차피 화제성을 만들어 낼 거면 조금 더 긍정적인 반응으로 유도하자는 것이었다.

더불어 〈기성 가수들 VS 세달백일〉의 구도보다는 〈제임스 오셔 VS 세달백일〉의 구도를 만드는 데 집중했다.

싸움이 어떻게 되든 화제가 된다면, 그 화제를 독식하고 싶은 것이었다.

각자의 의도를 담은 언론 플레이가 시작되었고, 마침내 참지 못하고 참전한 이들도 있었다.

[GOTM, 글랜스톤베리에서 SBI의 밴드가 된다?]

사실 GOTM은 진작부터 세달백일의 편을 들고 싶어 했었다.
하지만 HR 코퍼레이션이 극구 만류했다.
아쉽지만, 한시온은 더는 GOTM과 앨범 작업을 하지 않을 거라고 못을 박았었다.
그렇다면 한시온과는 1집 앨범으로 끝이 난 셈이다.
물론 간단한 싱글이나 피처링은 할 수 있겠지만, 앨범의 아이덴티티와는 거리가 멀다.
그러니 이런 순간에 GOTM이 세달백일의 편을 들게 되면, GOTM도 괜히 이방인의 포지션에 서게 될 가능성이 있었다.
데뷔 앨범으로 그래미 위너가 된 GOTM의 10년, 20년짜리 이미지를 조심스럽게 형성해야 하는 시점이다.
뭐든지 조심해야 한다.
그러다 보니 HR 코퍼레이션이 GOTM의 인터뷰를 극구 말렸고, 결국 GOTM은 입을 다물 수밖에 없었다.
정확히는 입을 열었지만, 외부로 퍼지지 않은 것이다.

그러나 결국은 멤버들의 고집으로 GOTM이 글랜스톤베리에서 세달백일의 공연을 돕게 되었다.

사실 좀 웃긴 일이었다.

GOTM은 글랜스톤베리의 섭외를 고사했다.

이는 헤드라이너 때문이었다.

HR 코퍼레이션은 GOTM이 헤드라이너가 되길 원했는데, 글랜스톤베리 측은 고개를 저었다.

아무리 그래미 위너라지만, 글랜스톤베리는 경력을 꽤 많이 보는 페스티벌이었으니까.

사실 이건 HR 코퍼레이션이 무리한 게 맞았다.

〈플레이밍 립스〉 같은 데뷔 30년 차 밴드도 다섯 번째 헤드라이너를 서는 곳이 글랜스톤베리였다.

어지간한 축제에서 헤드라이너를 맡을 쟁쟁한 뮤지션들이 백투백으로 공연을 하는 페스티벌이었으니까.

아무리 하위 스테이지로 내려간다고 하더라도, GOTM이 헤드라이너를 맡기에는 너무 일렀다.

세달백일도 이슈가 커져서 그렇지, 위치로 따지자면 웨스트 홀츠(4번째 규모의 스테이지)의 하위 공연진일 뿐이었다.

어쨌든 GOTM은 그렇게 출연을 고사했는데, 이제 와서 세달백일의 협업 뮤지션으로 출연을 하게 된 것이었다.

여기에는 두 가지 이유가 있었다.

첫 번째는 이슈가 생각보다 굉장히 크다는 것.

두 번째는.

"……."

"이걸 공연한다고?"

"밴드는 누가 맡는데?"

한시온이 만든 곡을 미리 들어 버렸기 때문이다.

듣는 순간 온몸에 소름이 돋았다.

HR 코퍼레이션도 음악으로 할 수 있는 모든 방법을 통해 돈을 버는 에이전시지만, 이런 건 처음 봤다.

결과를 보지 않았지만, 결과가 보인다.

이건 분명 엄청난 반향을 일으킬 것이다.

그리고 글렌스톤베리의 승자는 세달백일이 될 것이다.

어지간한 곡이었다면 GOTM의 이미지를 극진히 관리하는 HR이 혹했을 리가 없었다.

하지만 이미 결과가 나온 상황이라면, 그리고 그 결과가 승리라면 참여하지 않는 게 바보가 아닐까?

HR이 그런 고민을 하고 있을 때, GOTM이 먼저 이 곡을 연주하겠다고 선언을 해 버린 것이었다.

그렇게 GOTM은 세달백일의 스케줄에 맞춰서 LA로 건너갔다.

대신 HR도 조건을 걸었다.

만약 이 곡을 발매한다면 반드시 GOTM이 협업자로 참여해야 하며, 음원 수익을 나누는 계약을 제시한 것이었다.

한시온 입장에서도 거부할 필요가 없는 조건이었다.

GOTM처럼 뛰어난 밴드를 백 밴드로 쓰는 건 흔치 않은 일이니까.

게다가 HR과 손을 잡는다는 건, 백인 커뮤니티에서 든든한 아군이 생긴다는 것과도 같다.

"또 보네, 백 밴드? 일할 곳이 좀 부족한가 봐?"

"……!"

물론 본심이 어쨌든, 겉으로는 이렇게 놀리고 말았지만.

그렇게 순식간에 시간이 흘렀고.

어느새 글렌스톤베리의 첫날이 밝았다.

* * *

글렌스톤베리 주최 측은 생각보다 유연한 운영을 선보였다.

본래 우린 웨스트 홀츠(4번째 규모의 스테이지)의 하위 공연진이었는데, 어더스테이지(두 번째 규모의 스테이지)로 바뀐 것이었다.

물론 어더스테이지에서 마지막 순번의 공연이긴 했다.

하지만 이는 실력이나 인지도 때문에 배치된 건 아니다.

두 번째 스테이지의 마지막에 배치해서, 스테이지에 쏠린 관심도를 끝까지 끌고 가기 위함에 가깝다.

글렌스톤베리를 잘 모르는 SBI 엔터의 직원들은 이게 악재인지 호재인지를 파악하지 못했지만, 내가 보기엔 호재다.

예술계는 원래 레주메가 판치는 곳이다.

글렌스톤베리에서 우리의 첫 번째 자리가 어더스테이지라면, 다음에 초청할 때도 어더스테이지가 될 확률이 높다.

그리고 어더스테이지는 결코 만만한 곳이 아니다.

수많은 축제에서 당당히 헤드라이너로 서는 이들이 백투백으로 공연을 하는 곳이니까.

게다가 이건 개인 취향이지만, 마지막 순번인 것도 마음에 든다.

공연 중간에 다른 스테이지의 라인업을 보기 위해서 빠져나가는 이들이야 어쩔 수 없겠지만, 뭐든 시작과 마지막이 중요한 게 아닌가?

물론 이러한 상황을 완벽한 호재로 만들기 위해서는 우리가 공연을 잘해야 한다.

그리고.

"……."

"시온아, 표정이 왜 그래?"

"아뇨. 그냥 꽤 괜찮아서요."

세달백일은 준비가 된 것 같다.

그동안 세달백일의 포텐셜에 대해서는 여러 번 생각했지만, 속도에 대해서는 생각해 본 적이 없었다.

똑같은 80점짜리 무대를 만드는 데 누군가는 1년이 걸리고, 누군가는 1달이 걸린다.

세달백일은 명백히 후자였다.

이들은 이상하리만큼 높은 집중도를 가지고, 내 의도를 완벽히 수행한다.

아마, 잡생각이 없어서 그런 것 같다.

이렇게 말하면 굉장히 외지인처럼 들리겠지만, 한국인의 특징인 것 같기도 하다.

개인의 호불호가 어떻든, 일단 해야 하는 업무가 주어지면 최대한의 효율성으로 달성하려는 습성이 있으니까.

오히려 이번 공연을 준비하면서 더 많은 욕을 먹은 건 개인의 포텐셜이 높은 GOTM이었다.

"이러니까 백 밴드를 못 벗어나는 거라고 하면 실례이려나?"

"실례인 걸 알면 입에 담지 마!"

"젠장. 음악에 홀려 가지고."

"저 악마의 소굴로 다시 돌아오는 게 아니었는데."

"아니, 왜 아무도 우리가 백 밴드가 아니라는 항명은 하지 않는 거야? 우린 그래미 위너라고!"

"저 악마의 하수인이 만든 곡이잖아."

GOTM 멤버들이 날 악마의 하수인이라고 부를 때면 좀 웃기다.

놀랍게도 그 말은 100% 진실이었으니까.

이게 어려운 작업이란는 건 안다.

그들이 평소 추구하는 스타일도 아니었고, 〈G.O.T.M〉에 담긴 스타일도 아니었으니까.

특히 이번 무대는 연주에서 웨이 져지, 브라더스 백, 제임스 오셔의 느낌을 내야 했으니까.

짧은 틈에 세 팀의 스타일을 출력하는 데 애를 먹은 것이었다.

어쨌든 GOTM 멤버들도 페스티벌이 다가올 즈음에는 튜닝이 끝났다.

그렇게 우리는 영국으로 향했고, 몇 번의 스케줄을 소화했다.

BBC 라디오 같은 대형 업체와의 스케줄은 아니었다.

영국의 대중음악계는 좀 보수적인 경향이 있으며, 일본이랑 비슷한 느낌도 있다.

물론 추구하는 음악의 결은 완전히 다르지만, 외지인을 대하는 태도가 그렇다.

외지인은 외지인일 뿐이다.

하지만 그 외지인이 자국 문화 안으로 성공적으로 들어온다면, 크게 차별하지 않는다.

그러다가 외지인이 가져온 문화가 지나치게 성행하면, 갑자기 역차별이 시작된다.

그리고 자국 문화의 우수성을 자랑하는 음악이 유행한다.

뭐, 사실 특별한 일은 아니다.

캐나다-미국같이 음악적으로 긴밀한 특별한 관계가 아니라면 대부분의 국가가 다 이렇지.

오히려 어지간해서는 팝송의 차트 인을 허락지 않는 한국이 특별하기도 하다.

어쨌든 우리가 할 일은 명확했다.

영국에 도착했으니, 이슈를 몰고 다니는 것이었다.

아, 뭐 몰고 다닐 정도는 아닌가?

그렇다면 억지로 만들어 내야지.

[SBI의 ZION, "글렌스톤베리가 정말 기대돼. 전 세계의 음악 애호가들이라면 누가 더 뛰어난 뮤지션인지를 금방 알아차릴 것."]

[ZION, "브라더스 백의 음악은 운동 중에 듣는 음악 같은 것. 피가 끓어오르지만, 깊이는 없다."]

[ZION, 웨이 져지? 그의 지난 시간들은 충분히 존중한다. 하지만 그의 시간은 끝났다. 흔들의자에 앉아서 과거의 추억에 젖어라.]

[제임스 오셔는 괜찮은 아티스트.]

브라더스 백에게는 기분 나쁘지 않을 정도의 혹평만 퍼부었다.

내가 기억하는 그놈들이라면 제대로 긁혔을 때, 주먹을 움켜쥐고 찾아올 수도 있다.

나야 뭐, 그런 것도 쇼 비즈니스로 이용할 자신이 있지만, 세달백일 멤버들은 아니니까.

그리고 누누이 말하지만 브라더스 백은 멍청할 뿐이지, 근본이 나쁜 놈들은 아니다.

이번 기회에 친해지는 것도 괜찮지.

점잖은 척 뒤로 빼는 웨이 져지는 다시 링에 올라오라고 역린을 건드려주고, 제임스 오셔는 자동응답기 같은 칭찬만 했다.

원래 다른 뮤지션을 무시하는 가장 좋은 방법은 공격하는 것도, 무시하는 것도 아니다.

'It was okay.'면 충분하다.

아마 제임스 오셔는 우리에게 별다른 감정이 없었을 것이었다.

그냥 되는 대로 인터뷰를 했고, 듣지도 않은 동양 음악을 무시했고, 유능한 매니저의 플랜에 따라 대립 구도를 세웠겠지.

하지만 브라더스 백과 웨이 져지에게는 날을 세우는 내가, 유독 본인에게만 미적지근한 태도를 보인다?

호평도 아니고, 혹평도 아닌, Just okay?

이제 슬슬 화가 나기 시작할 것이었다.

그러니 이제 벌어질 일을 지켜보면 된다.

내 이런 인터뷰에 서승현 본부장은 초조한 모습을 보였다.

"왜 그렇게 초조해요?"

"아니, 이게 상식이 부정되는 느낌이라서요."

"상식?"

"그, 한국 연예계에서는 이 정도 뉘앙스의 인터뷰면 토픽감입니다."

"여기서도 적당한 토픽이 됐잖아요?"

"반응만 보면 그렇긴 한데, 대중들이 복싱 경기 보는 반응인 것 같기도 하네요."

정확한 말이긴 했다.

복서들은 경기 전에 입을 털어도 경기가 끝나면 포옹을

한다.

뭐, 실제로 서로를 싫어하는 경우도 있긴 하겠지만 보통은 대전료를 올리려는 쇼 비즈니스다.

그런 거에 너무 익숙해진 서구권 리스너들이기에, SBI와 글랜스톤베리 출연진들의 싸움을 적당히 즐기는 것이었다.

"게다가 우리는 아이돌이잖아요."

"그렇죠."

"아이돌이 이렇게 공격적인 인터뷰를 하는 게 굉장히 낯서네요."

이해는 한다.

케이팝 산업에서 아이돌이란 만물의 사랑을 받기 위해 탄생한 그룹과도 같으니까.

그게 나쁜 것도 아니다.

나도 홍대병에 걸려 있던 꼬꼬마 시절에는 아이돌을 무시했었지만, 이들이 성공을 위해 흘려야 하는 피와 땀은 결코 작지 않다.

사실 인디 밴드 씬이든, 홍대 힙합 씬이든, 전체적인 뮤지션들의 수준은 아이돌을 따라오지 못한다.

당연한 거 아닌가?

아이돌은 하루에 13시간씩 연습실에서 노력하는 존재들이고, 인디 뮤지션들은 4시간 하면 많이 했다며 술을 먹으러 가니까.

그럼에도 불구하고 대중들은 인디 뮤지션들이 더 잘한다는 착각을 가지고 있다.

이는 대중들의 눈에 들어온 인디 뮤지션들이 상위 1%이기 때문이었다.

리스너들은 혹독한 무명 생활을 견디고, 결국 대중 앞에 설만큼 대단한 재능을 가진 이들만 보게 된다.

그에 반해 아이돌들은 S급부터 C급까지 다양하게 보게 된다.

뭐, 실제로는 A급 실력을 지녔어도 아이돌이면 일단 B등급 마크부터 찍히는 것도 있고.

당장 테이크씬의 주연만 해도 어지간한 보컬은 다 찜쪄 먹을 건데, 꽤 괜찮은 아이돌 보컬 취급을 받지 않은가?

내가 지금 아이돌이라서 그런지 모르겠지만, 확실히 태생부터 불리하게 기울어진 부분이 있었다.

물론 그렇다고 해서 세달백일의 행보가 이런 불리함을 극복하기 위한 대승적인 차원의 행동은 아니다.

그냥 하는 거지, 뭐.

"본부장님."

"네."

"저희를 좋아하는 팬들만 신경 쓰면 되는 거 아닌가요?"

"음……."

"저희가 팬들과 소통을 하면서 공격적인 태도를 보이면 잘못된 거지만, 이건 괜찮잖아요?"

애당초 외부에서 보기는 세달백일에게 먼저 시비를 건 게 저쪽일 거기도 하고.

내 말에 대한 서승현 본부장의 반응은 전혀 예상 밖의 것이었다.

"그렇죠. 가만 보니 제가 좀 착각을 하고 있었네요."

"무슨 착각이요?"

"사실 저희가 먼저 시비를 건 거잖아요? 사람들은 모르지만."

"……그렇죠?"

글렌스톤베리에 섭외된 순간, 서승현 본부장과 함께 긁어 볼 만한 뮤지션들의 리스트를 입수했으니까.

"그래서 뭔가 저희가 대놓고 빌런이라고 생각하고 있었네요. 저희는 가면을 쓴 악당인데."

말은 '저희는'이라고 하지만, 들리기로는 '너는'이라고 들린다.

억울하다.

저놈들은 진짜 나쁜 놈들인데.

브라더스 백이야 회생 가능한 놈들이라지만, 제임스 오셔나 웨이 져지는 진짜 인간이 별로인데.

"쇼 비즈니스니까. 대표님처럼 일하는 법도 알아야죠."

한국이라고 더러운 수작질이 없는 건 아니지만, 대부분 물밑에서 벌어지는 일이다.

지금 내가 하는 것처럼 시비를 거는 순간부터 시비를 끝내는 순간까지 계산해서 진행되는 일은 드물다.

"제가 좀 말랑말랑했네요. 사과드립니다."

왜 저 말이 '너처럼 나쁜 짓도 서슴없이 할 수 있도록 노력해 보겠습니다.'라고 들리지?

하지만 나는 아무 말도 하지 못했다.

결국 이 모든 일의 정당성을 획득하기 위해서는 내가 전생에 저놈들에게 무슨 일을 당했는지를 말해야 하니까.

말할 수도 없고, 말해도 믿을 리도 없잖아.

결국 어색하게 고개를 끄덕일 수밖에 없었다.

* * *

글렌스톤베리의 첫날인 금요일의 헤드라이너로 등장한 스톰지는 굉장한 무대를 선보였다.

카메오로 출연한 콜드 플레이의 크리스 마틴도 많은 박수를 이끌어 냈고.

흥겨운 축제 분위기였고, 모두가 즐겼다.

매년 글렌스톤베리의 문제로 지적되는 것은 관객들의 호응이었다.

글렌스톤베리는 그 명성에 걸맞지 않게 뮤지션들에게 많은 상처를 주는 곳이기도 했다.

세계의 각지에서 모여든 대중들을 만족시키기란 쉽지 않은데, 휴양 겸 방문한 이들이 많아서 전체적인 호응도가 낮은 것이었다.

그래도 대중적으로 알려진 록과 팝의 뮤지션들은 어느 정도의 호응을 얻는데, 마이너 장르 공연에서는 침묵이 배경이 되기도 한다.

2011년, 비욘세를 보기 위해 피라미드 스테이지에 방문한 관객들이 직전 타임의 펜듈럼에게 아무런 호응도 안 해 줬던 건 유명한 일화였다.

후에 펜듈럼의 롭 스와이어는 트라우마가 생길 정도로 회의감이 들었다는 인터뷰를 하기도 했었고.

그럼에도 불구하고 2019 글렌스토베리 금요일의 공연은 꽤 괜찮았다.

헤드라이너들이 많은 박수를 받았고, 예상보다 더 큰 호응을 얻은 이들도 있었다.

그들 중 한 명이 브라더스 백이었다.

피라미드 스테이지에서 세 번째 순서로 출연한 브라더스 백은 무대를 제대로 뒤집어 놓았다.

심지어 그뿐만이 아니었다.

기타의 튠 교체를 위해 생긴 30초 정도에 브라더스 백의 메인보컬인 '조니 콜튼'은 세달백일에 대한 이야기를 하기도 했다.

[한국에서 온 꼬마들이랑 말싸움을 벌이는 중이야. 10살은 젊어진 기분이 든다고.]
[근데 그 녀석들의 음악을 들어 봤는데 꽤 나쁘지 않더라고?]
[나도 케이팝에 도전해 볼 생각이야. 가서 한국의 돈을 쓸어 담아야겠어.]
[한번 보여 줄까?]

그렇게 말한 조니 콜튼이 드럼과 키보드에게 눈빛을 보내자, 그들이 생각하는 케이팝스러운 루프가 연주됐다.
그리고 조니 콜튼은 춤을 췄다.
케이팝의 안무를 따라 한 건 아니었다.
중국의 영춘권 같은 이상한 동작들을 선보이며 드럼의 스네어 구간에서 예쁜 척을 한 것이었다.

[오, 쉿. 생각해 보니 스키니진을 입었어야 했는데.]

나와 상관없는 누군가의 싸움이 즐겁다는 건 부정할 수 없는 일이다.

정확한 상황을 모르는 관객들조차 소리를 질렀고, 기타의 튠 교체가 끝난 공연이 재개되었다.

이 무대는 첫 흑인 솔로 보컬이 헤드라이너를 선 것만큼 화제가 되었다.

누군가는 브라더스 백이 넉다운을 시킬 정도의 잽을 퍼부었다고 평가하기도 했다.

그렇게 하루가 저물고, 토요일이 찾아왔다.

축제 이틀 차인 토요일은 웨이 져지, 제임스 오셔, 그리고 세달백일 모두가 공연을 하는 날이었다.

* * *

토요일의 축제가 시작되자, 꽤 많은 사람들이 웨이 져지, 제임스 오셔, SBI라는 이름을 떠들기 시작했다.

"오. 그럼 SBI 입장에서는 반격을 한 거였네?"

"그치. 따지고 보면 브라더스 백이 먼저 긁은 거 아니겠어?"

"근데 뭐, BB는 원래 그런 놈들이 모인 밴드잖아."

"케이팝 꼬맹이들이 그것까진 몰랐겠지. 그래도 시원하게 들이받은 건 마음에 들어."

"웨이 져지한테 말한 건 좀 그런데? 웨이 져지는 어마어마한 대선배라고."
"근데 웨이 져지는 좀 꼰대 같지 않아?"
"뭐……. 그렇긴 하지."
재미있게도 이번 이슈를 어제 브라더스 백의 무대를 통해 접한 사람들이 굉장히 많았다.
생각해 보면 아이러니한 일이었다.
이건 이미 몇 번이나 언론을 뜨겁게 달궜고, 주최 측이 공연의 순서를 조정할 정도의 이슈였다.
밖에서는 이미 신나게 떠들어 대고 있었고, 특히 한국 언론은 난리가 나있었다.
한데, 막상 글렌스톤베리를 직접 방문한 이들은 이슈에 그리 민감하지 않았다.
이는 글렌스톤베리를 겸해 긴 휴가 일정을 느긋하게 즐기는 이들이 많았기 때문이었다.
하지만 이제는 아니다.
어제 브라더스 백의 무대가 큰 화제를 만들어 냈으니까.
"그래서 SBI는 잘해?"
"유투브에서 무대를 좀 찾아봤는데 잘하던데?"
"얘네가 걔들이야. The First Day의 가수들."
"아! 어쩐지 이름이 익숙하더니."

"그런 거라면 글렌스톤베리에 초대될 자격은 충분하네."

흔히 힙스터로 분류되는 매니아층은 〈STAGE〉를 찬양했지만, 보통의 서구권 리스너들에게는 〈The First Day〉가 훨씬 익숙했다.

"어, 그러면 이 팀의 보컬이 GOTM의 객원 보컬 아니야?"

"그래미 위너? 그게 케이팝 보컬이라고?"

"맞아. 틀림없어."

"뭔가 잘못 알고 있는 거 아니야?"

"아니라니까."

한국의 쇼 비즈니스는 좁기 때문에 작은 이슈가 터지면 전국민으로 퍼져 나가는 건 당연한 일이었다.

하지만 영미권과 서구권은 좀 달랐다.

캘리포니아에서 천만 장의 앨범을 팔아 치운 터줏대감이 뉴욕에서는 이름만 들어 본 뮤지션이 될 수도 있다.

그 범위가 미국이 아니라 서구권으로 펼쳐지면 이러한 현상은 더욱 심했고.

한시온은 이를 알고 있었기 때문에 서구권 활동을 할 때면 특별히 카테고리를 잡지 않고 일을 하는 경향이 있었다.

케이팝에 포커싱을 맞춰서 미국에 진출하는 순간도 찾

아오긴 하겠지만, 아직은 아니라고 생각했으니까.

그리고, 그 효과가 드디어 제대로 발현되고 있었다.

글렌스톤베리에서 느긋하게 휴가를 즐기며 맥주를 마시는 이들이 이번 이슈와 관련된 대화를 나누다가 뒤늦게 깨달았으니까.

"이렇게 보니까……."

"SBI도 무게감이 있네?"

물론 세달백일이 웨이 져지의 오랜 경력, 브라더스 백의 강렬한 이미지, 제임스 오셔의 화려한 빌보드 레코드에는 미치지 못한다.

하지만 적어도 최근 2년간의 활동을 생각해 보면, 무게감이 크게 떨어지진 않는다.

세달백일의 메인보컬에 국한된 이야기긴 하지만, 어쨌든 그래미 위너가 아닌가.

객원 보컬뿐만 아니라, 작곡과 편곡까지 전부 담당한.

게다가 세달백일이 최근에 발매한 앨범과 이전에 발매한 앨범의 판매량을 다 합치면, 최근 2년 내에는 꽤 상위권의 뮤지션이다.

확실한 건 웨이 져지와 브라더스 백은 이긴다.

직전 앨범으로 대박을 친 제임스 오셔에는 미치지 못하지만.

"괜히 SBI가 들이받은 게 아니네. 자격이 있어."

재미있게도, 이건 한국과 똑같은 의식의 흐름이었다.

한국의 대중들도 한때는 세달백일을 '오디션 프로그램을 통해 등장한 비디오 스타' 정도로 취급했었다.

하지만 세달백일이 끝없이 해내는 걸 보며 인식이 조금씩 바뀌어 갔다.

그러한 인식의 변화가 서구권 리스너들 사이에서도 이루어지고 있었다.

"근데 케이팝 뮤지션들은 공장에서 찍어 낸 연습 벌레들 아니야?"

"얘들은 아닐걸?"

"그래도 뭐, 나는 무대 자체의 현장감은 떨어질 거라고 생각해."

물론, 오늘 공연을 잘해야지 완성되는 서사이겠지만.

* * *

2001년에 결성돼 팝 록과 얼터너티브 록의 최전성기를 이끌었던 밴드 〈더 킬러스〉가 토요일 공연의 헤드라이너였다.

펫 샵 보이즈와 조니 마의 카메오 출연으로 풍성해진 무대 뒤로, 퍼스트 스테이지의 공연들이 백투백으로 이어졌다.

그렇게 공연이 얽히고설킬 때쯤, 피라미드 서브 스테이지의 헤드라이너가 무대 위로 올랐다.

웨이 져지였다.

웨이 져지는 메인 스테이지의 헤드라이너가 아니라는 것에 불만을 가졌지만, 사실 피라미드 서브 스테이지의 헤드라이너도 대단한 것이었다.

그는 자신이 이 무대에 설 자격이 있다는 걸 증명했다.

아무리 올드 뮤직 소리를 듣고, 구시대의 유물 소리를 들어도, 그는 뛰어난 뮤지션이었다.

사람들은 인성이 훌륭한 이들이 큰 재능을 가지고 있길 바라는 경향이 있었지만, 실제로 인성과 재능은 큰 상관이 없었다.

인성은 그저 롱런과 관련이 있을 뿐이었다.

그렇게 자신의 히트곡을 연달아 부르던 웨이 져지는 별다른 코멘트를 하지 않았다.

그저 무대 중간중간에 능숙한 인사말들과 농담들을 건넸을 뿐이었다.

브라더스 백처럼 세달백일과 관련된 멘트를 기다렸던 기자들 입장에서는 꽤 아쉬운 일이었다.

하지만 그렇다고 완전히 입을 다문 것은 또 아니다.

[이건, 제가 실수로 상처를 줬던 케이팝 그룹에게 보내

는 사과입니다.]

 그렇게 운을 뗀 웨이 져지가 부른 노래는 TFD의 수록곡인 〈Summer Cream〉의 영어 버전이었다.
 물론 그대로 부른 것은 아니었다.
 웨이 져지의 스타일에 맞게 편곡을 했고, 완곡을 가져가기보다는 후렴과 2벌스를 가져왔다.
 한데, 그게 웨이 져지와 잘 어울렸다.
 그도 그럴 게, 섬머 크림은 레게의 거장이라고 불리는 루츠 로비가 작곡한 뭄바톤이었다.
 그것을 한시온이 자신의 스타일에 맞게 바꿨고, 세달백일의 스타일에 맞춰 톤을 변화했다.
 곡의 수준만 놓고 보면 절대 뒤지지 않는다는 것이었다.
 사실 웨이 져지는 뒤늦게 TFD를 듣고 그 앨범의 수준에 꽤 놀라기도 했었다.
 하지만 그렇다고 웨이 져지가 진심으로 사과를 한다던가, 세달백일에 음악에 박수를 보내는 건 아니었다.
 매니지먼트는 웨이 져지가 세달백일과 얽힐 때마다 올드맨이나 꼰대의 이미지가 부각되는 것을 염려했다.
 그래서 이슈의 마지막을 훈훈하게 풀어내길 원했고, 웨이 져지를 설득해 낸 것이었다.

하지만 아무도 모르는 웨이 져지의 깊숙한 속마음에는 이러한 심정도 있었다.

'이런 노래가 왜 저런 놈들한테 간 거지?'

그는 진심으로 서머 크림이라는 노래가 훌륭하다고 생각했다.

뭄바톤을 말랑말랑한 감성으로 부르는 노래지만, 반드시 소프트하게 부를 필요는 없다.

이 노래는 차라리 전통적인 팝 사운드에 맞춰서 풀 밴드를 깔고, 멜로디컬한 소스를 넣었다면 빌보드 1위도 노려 봤음직한 노래였다.

웨이 져지는 그것을 알려 주려는 것이었다.

너와 나는 수준이 다르다고.

그리고 그건 얼핏 보기에는 성공하는 듯했다.

사람들이 환호를 쏟아냈으니까.

다만.

"이게 SBI 노래라고?"

"굉장한데?"

"작곡 정보를 봐 봐. 루츠 로비가 공동 작곡가로 올라가 있고, 자이온이 편곡자네."

"루츠 로비? 내가 아는 그 루츠 로비?"

"아니 근데 이 앨범의 공동 작곡가들이 심상치 않은데."

그로 인해 SBI란 무명 가수의 이름값을 올려 주는 부작

용은 있었다.

사실 웨이 져지의 소속사는 'SBI에게 미안하다'라는 정확한 워딩을 바랐었다.

하지만 웨이 져지는 '케이팝 그룹에게 보내는 사과'라는 불분명한 워딩을 썼다.

그릇이 좁았으니까.

그렇게 박수를 자아낸 웨이 져지의 무대가 끝나고, 공연이 이어졌다.

글렌스톤베리의 무대는 반드시 하나의 무대가 끝나고, 다음 무대가 시작되지 않는다.

여러 무대가 복잡하게 얽히고, 동시에 진행되는 무대들도 많다.

그래도 주최 측에서는 헤드라이너의 공연 정도는 겹치지 않기를 원했기 때문에, 피라미드 스테이지의 헤드라이너와 어더 스테이지 헤드라이너가 겹치진 않았다.

그리고, 어더 스테이지의 헤드라이너는 제임스 오셔였다.

사실 최근 폼만 놓고 보면 제임스 오셔와 웨이 져지의 무대가 바뀌었어야 했다.

하지만 글렌스톤베리는 단기간의 성과에 크게 영향을 받는 곳이 아니었고, 뮤지션의 명성에 더 큰 주목을 했다.

데뷔한 지 9년밖에 안 된 제임스 오셔였기에 세 번째 스테이지의 헤드라이너로 선 것이었다.

 그렇게 제임스 오셔가 올라왔고, 재미있는 일이 벌어졌다.

 그도 세달백일의 TFD의 노래를 가져와서 오프닝을 장식한 것이었다.

 웨이 져지의 매니지먼트와 제임스 오셔의 매니지먼트가 같은 생각을 했기 때문이었다.

 차이점이라고는 멘트였다.

 웨이 져지는 속마음은 어떻든, 세달백일에 대해 리스펙트를 표하며 노래를 불렀다.

 하지만 제임스 오셔는 달랐다.

 [SBI에서 쓸 만한 부분은 작곡밖에 없더라고. 그래서 내가 직접 보여 주는 거지.]

 제임스 오셔의 매니지먼트가 듣고 뒷목을 잡을 멘트였지만, 분위기가 나쁘진 않았다.

 어쨌든 제임스 오셔는 직전 앨범으로 트리플 플래티넘(3000만 장)을 달성했으니까.

 물론 피지컬 앨범 판매량이 3천만 장이라는 것은 아니었다.

그렇게 제임스 오셔의 무대가 끝나고, 백투백으로 공연이 진행되었다.

보통 각 스테이지의 헤드라이너 공연이 끝나면, 관객들의 이탈이 시작된다.

다른 무대의 헤드라이너를 보기 위해서라든지, 이미 보고 싶은 공연을 다 봤기 때문이었다.

하지만 어더 스테이지의 관객들은 이탈이 굉장히 적었다.

그들도 알고 있는 것이었다.

어더 스테이지의 마지막을 장식하는 뮤지션이 누군지.

바로 세달백일이었다.

* * *

"다들 긴장할 필요 없어. 우린 잃을 게 없는 무대니까."

한시온의 말에 세달백일 멤버들이 고개를 들었다.

그들은 큰물에서 놀더니 글렌스톤베리 정도는 태연하게 넘기는 것 같은 GOTM 멤버들을 부러운 눈으로 바라보는 중이었다.

그동안 큰 무대에 많이 섰다고 생각했지만, 글렌스톤베리에 선다고 생각하니 두근거리는 심장이 진정되지 않는다.

특히 제임스 오셔의 무대를 지켜봤기 때문에 더욱 긴장이 됐다.

제임스 오셔의 무대는 굉장했다.

우리가 진짜 저런 사람과 말싸움을 벌였나 싶을 정도로.

그러나 한시온의 생각은 달랐다.

"그거 알아? 난 지금 당장 혼자 미국에 진출해도 5천만 장은 팔 수 있어."

거짓말이 아니다.

악마의 카운팅으로 5천만 장을 팔아 치울 수는 없겠지만, RIAA(미국 음반 산업 협회)의 기준으로는 5천만 장을 충분히 팔아 치울 수 있다.

"근데 내가 왜 세달백일에 남아 있겠어?"

보통의 리더가 이런 말을 꺼냈더라면 멤버들은 '우리가 좋아서.' 혹은 '우리랑 함께하고 싶어서'라고 대답을 했을 것이었다.

하지만 세달백일 멤버들의 입장에서는 아무리 생각해 봐도 그건 말이 안 됐다.

한시온이 감정 때문에 팀에 남아 있을 놈이 아니니까.

팀에 남아 있을 이유가 먼저고, 그 다음이 감정이다.

"우리가 더 잘하니까."

"진짜요?"

최재성의 물음에 한시온이 고개를 끄덕였다.

"우리가 훨씬 잘해. 그러니까 긴장하지 마. 니네도."

한시온의 시선이 GOTM에게 향하자, GOTM 멤버들이 움찔했다.

큰물에서 놀아 본 척 태연하게 굴고 있지만, 그들도 꽤 긴장을 하는 중이었다.

세달백일과 GOTM을 쓱 둘러보던 한시온이 씩 웃었다.

커밍업 넥스트에 출연하던 당시, 사람들은 무대 직전에 보여 주는 한시온의 웃음이 특별하다고 했다.

그 웃음은, 어딘지 눅눅하고 답답한 옷을 입고 있는 한시온이 모든 걸 벗어던지고 음악에 몰입하는 신호라고.

하지만 이제는 아니었다.

한시온은 웃었지만, 아무것도 벗어던진 것 같지 않았다.

그는 그렇게 웃는 얼굴 그대로 무대 위로 올라갔다.

아주 오랜만에 맛보는 글렌스톤베리였다.

여기에는 혼자 올라온 적도 있었고, GOTM을 비롯한 다른 동료들과 올라온 적도 있었다.

R&B를 할 때도 있었고, 랩을 할 때도 있었다.

하지만 세달백일과 함께 올라와 이런 무대를 선보이는 것은 난생처음이다.

그러니까.

"가 봅시다."

뒤집어 놓을 시간이다.

* * *

글렌스톤베리는 멘트를 칠 시간이 그렇게 많지 않고, 멘트를 쳐 봤자 별다른 호응을 얻지 못하는 페스티벌이다.

어마어마한 유명세를 가지고 있는 헤드라이너는 예외일 수도 있지만, 보통은 그랬다.

그러니 어더 스테이지의 마지막을 장식하는 뮤지션이 공연도 시작하기 전에 마이크를 잡고 떠들어 대는 것을 반길 사람은 없다.

보통의 경우라면 말이었다.

하지만 이번엔 좀 다르다.

사람들은 무대에 올라온 SBI가 말을 했으면 좋겠다는 생각을 가졌다.

당연히 그들이 원하는 건 이번 사태와 관련된 공격적인 언사다.

웨이 져지를 욕해도 좋고, 제임스 오셔를 욕해도 좋다.

나와 상관없는 남들의 싸움에 즐거움을 느낀다는 건,

부정할 수 없는 일이니까.

하지만 SBI는 그러지 않았다.

백 밴드 앞에 선 다섯 명의 남자들은 다짜고짜 노래를 시작했다.

그리고 그 노래는 웨이 져지의 명곡인 〈Dolche〉였다.

〈Dolche〉는 오보에와 휘파람을 절묘하게 조합해 센세이셔널을 일으켰던 곡이었다.

지금에야 이런 시도들이 흔한 것들이 됐지만, 웨이 져지가 활발히 활동하던 80년대만 해도 신선한 시도였다.

씁쓸하면서도 웅장한 것 같고, 웅장하면서도 초라한 것 같은 묘한 느낌의 전주가 쏟아진다.

동시에 후렴만큼이나 인기가 좋았던 첫마디가 흘러온다.

In search of solitude,
stood under the stars—

'고독함을 찾아 별들 아래에 섰다'라는 첫마디가 흘러나오자, 사람들의 떼창이 시작되었다.

재미있는 건, 웨이 져지가 앞선 무대에서 이미 이 노래를 불렀다는 것이었다.

그도 그럴 게, 〈Dolche〉는 웨이 져지를 대표하는 히트

곡이었다.

그렇게 노래가 출발하자, 사람들은 두 가지 생각을 떠올렸다.

첫 번째는 제이지였다.

2008년에 제이지와 헤드라이너로 오른 무대에서 오아시스의 〈Wonderwall〉을 불렀던 게 떠올랐으니까.

〈Wonderwall〉은 무슨 짓을 해도 우스꽝스러워질 수가 없는 노래였다.

제이지가 엉성한 기타와 노래를 불렀어도, 명곡은 가려지지 않는다.

〈Dolche〉 역시 마찬가지다.

웨이 져지는 원로 가수들 중에서는 평가가 낮은 가수이기도 했다.

그 이유 중 하나가 시의성을 너무 많이 탄다는 이유에서였다.

쉽게 말하자면 유행을 추구한다는 뜻이었다.

유행이란 건 역사에 남는 명곡과는 거리가 많다.

유행을 따라서 만든 곡이 명곡이 되는 경우는 거의 없다.

물론 때론 명곡이 유행을 만들어 버리는 경우는 있지만.

그런 의미에서 〈Dolche〉는 웨이 져지의 커리어 사상 가장 뛰어난 곡이다.

롤링스톤지에서 선정한 시대를 타지 않는 명곡에 이름을 올리고 있는 유일한 곡이기도 했고.

'이건 리스펙트의 의미다.'

웨이 져지의 형편없는 곡을 무대 위로 올렸다면 조롱의 의미라고 생각할 수도 있다.

하지만 〈Dolche〉를 그런 식으로 사용할 수는 없다.

이게 첫 번째 생각이었다면, 두 번째 생각은 세달백일에 관한 것이었다.

'잘하잖아?'

원곡은 웨이 져지 혼자서 부르는 노래였는데, 다섯 명이 부르는데 몹시 훌륭하다.

정확히 말하자면 랩 포지션의 최재성은 제외됐지만, 사람들은 거기까지 신경 쓰지 않았다.

그런 걸 보기에는 노래가 너무 좋다.

노래의 진행이 몹시 편안했고, 담겨 있는 감정선이 훌륭했으며, 기대감을 형성한다.

눈앞의 다섯 명은 지나치게 아카펠라 그룹처럼 굴지도 않았으며, 솔로 보컬과 팀 보컬의 차이를 정확하게 이해하고 있었다.

음악에 조예가 있는 관객들이 퍼뜩 일류 보컬이라는 생각을 했을 정도였다.

그렇게 요즘 시대의 곡들을 생각하면 긴 1절이 끝나고, 마침내 후렴의 시간이 찾아왔다.

세달백일과 웨이 져지의 싸움이 격렬해지길 바라던 이들이 많았지만, 이제는 상관없다.

'Star- Star-'로 유명한 후렴이 튀어나오기만 한다면 얼마든지 떼창을 선보일 자신이 있었다.

그래. 이런 게 페스티벌의 묘미일 수도 있다.

페스티벌 전에는 으르렁거리던 가수들이 막상 무대에 오르자, 서로에 대한 존경을 표하며······.

"어?"

"뭐야?"

하지만 그건 그들의 착각이었다.

후렴에 도달하는 순간, 갑자기 모든 음악이 물에 씻은 솜사탕처럼 사라진 것이었다.

심지어 음악이 끝난 것을 조금 늦게 깨닫고 'Star- Star-'를 불러 버린 관객들은 뻘쭘한 표정을 짓기도 했다.

그때, 무대 위에 남자들 중 한 명이 마이크를 잡았다.

[구려.]

설마 〈Dolche〉가 구리다는 소리는 아니겠지?

라고 생각하는 수많은 관객들 앞에서 한시온이 당당히 말했다.

노래가 너무 구려서 커버곡 하는 게 민망할 지경이라고.

이 같은 한시온의 멘트는 오히려 반감을 불러일으켰다.

쇼 비즈니스의 일환으로 말싸움을 벌이는 건 좋지만, 그게 너무 작위적으로 느껴진다면 대중들은 반발하기 마련이니까.

어디선가 작은 야유가 들리기도 했다.

그러나 세달백일은 아랑곳하지 않았고, 어깨를 으쓱하더니 곧장 다음 곡을 연주했다.

이번 곡도 아주 유명한 곡이었다.

제임스 오셔가 최근에 낸 앨범의 수록곡인 〈The Door〉.

이 곡은 발매한 지 얼마 되지 않아서 시대를 초월한 명곡이라고 부를 수는 없겠지만, 성적만큼은 확실했다.

제임스 오셔의 앨범은 디지털 판매량까지 합쳐서 트리플 플래티넘을 달성했고, 빌보드 앨범 200에서 3위를 기록했었다.

가장 히트 트랙은 〈The Door〉는 Hot 100에서 3주 연속 1위를 했었고.

도저히 구리다고 평가할 수가 없는 노래다.

혹시 웨이 져지보다 제임스 오셔가 낫다는 식으로 새로운 싸움을 붙이려는 건가?

관객들은 그런 생각을 하면서 세달백일이 커버하는 〈The Door〉를 들었다.

한데 참 묘하다.

앞서 부른 〈Dolche〉도, 지금 부르고 있는 〈The Door〉도 솔로 보컬의 곡이다.

솔로 보컬 곡을 여러 명이서 나눠 부른다면 맛이 덜 살기 마련이다.

한 사람의 감성에 맞춰 써 내린 작법이 무의미해지기 때문이었다.

한데, 이들은 좀 다르다.

조화가 완벽하다.

인트로를 담당하는 빌런처럼 생긴 보컬부터, 고음을 담당하는 너드처럼 생긴 보컬까지.

다섯 명이 부르는 노래라기보다는, 한 사람이 다섯 개의 목소리로 부르는 노래 같다.

〈Dolche〉에 대한 비하 때문에 방금전까지 야유를 퍼붓던 이들도 금세 표정이 바뀌는 무대였다.

〈The Door〉에는 피처링까진 아니지만, 하이프맨 느낌의 래퍼의 파트가 있었기에 최재성도 할 일이 있었다.

이번엔 1절을 넘어서 후렴까지 공연이 된다.

후렴은 초고음역대를 진성과 가성으로 아찔하게 오가는 파트였는데, 진성은 온새미로가 담당하고, 가성은 한시온이 불렀다.

 한데 그게 정말 맛있었다.

 객석에서 마침내 환호성이 터져 나오는 순간.

 뚝.

 또다시 노래가 멈췄다.

 "오, 제길."

 "또 개 같은 소리를 하는 건 아니겠지?"

 노래에 흠뻑 빠져 있던 이들이 비명을 내지른다.

 세달백일의 〈The Door〉는 딱 1분 30초짜리 무대였는데, 고작 90초에 관객들이 이 정도로 몰입하는 게 쉬운 일이 아니었다.

 그만큼 괜찮은 무대였는데 대체 왜 이딴 짓을 벌인단 말인가?

 하지만 이번에도 한시온의 멘트는 같았다.

 [이것도 구려.]

 [하나같이 구려서 입이 더러워지는 기분이야.]

 이제 객석의 사람들은 자포자기한 심정이었다.

 그래서?

대체 뭘 부르고 싶은데?

설마 이 망쳐 놓은 분위기 뒤로 너희들의 곡을 부르겠다는 거야?

미쳤어?

그때 한시온이 뒤를 돌아보며 말했다.

[이봐. 제대로 안 할 거야?]

[그래미를 탔다고 글렌스톤베리는 아무것도 아니라는 거지?]

약속된 퍼포먼스였지만, 통했다.

사람들은 그제야 화들짝 놀라서 무대의 뒤편을 쳐다보았다.

단순한 백 밴드라고 생각했는데, 그게 아니었다.

마스크를 벗고, 후드를 걷고, 모자를 벗는 얼굴들이 몹시 익숙하다.

GOTM이었다.

데뷔한 지 얼마 되지 않은 GOTM을 위대하다고 표현할 수는 없겠지만, GOTM은 그래미 위너다.

당연히 인지도만큼은 최고였다.

사람들의 환호성이 터졌지만, 그건 짧았다.

[제대로 좀 해 보자고. 제대로.]

한시온이 그렇게 말하자, 어깨를 으쓱한 데이브 로건이 지잉- 하며 기타를 쳤다.

한시온의 말에 동의할 수 없다는 듯, 불만스러운 느낌의 퍼포먼스였다.

하지만 한시온은 반색하며 그 느낌이 좋다고 손짓했다.

그러자 데이브 로건이 치기 시작하는 것은 〈Dolche〉의 메인 기타 루프였다.

〈Dolche〉는 오보에와 휘파람으로 선풍적인 인기를 가져왔지만, 사실 이 곡에서 가장 힘이 센 라인은 메인 기타다.

한시온이 판단하기로 오보에와 휘파람은 도입부쯤에서 멈췄어야 했다.

그게 신선한 시도라는 것에 취해서 안 써도 되는 곳에 지나치게 집어넣었다.

덕분에 메인 멜로디를 많이 침범해 버렸고.

[조금 더 느리게.]
[노노. 음역대를 올려 봐.]

그렇게 한시온은 〈Dolche〉의 기타 라인을 연주하는 데이브 로건에게 이런저런 것을 지시했다.

결과적으로 〈Dolche〉의 기타 라인임은 알 수 있지만, 꽤 다르게 들리는 라인이 쏟아졌다.

사실 사람들의 귀에는 어색했다.

그들이 익히 알고 있는 멜로디 라인인데 음역대부터 기타의 음색까지 많은 것이 달랐으니까.

그 순간, 베이스가 치고 들어왔다.

베이스가 연주하는 것은 제임스 오셔의 〈The Door〉의 베이스 라인.

이번에 나선 것은 이이온이었다.

이이온은 베이스를 향해 잔소리를 해 댔고, 존 스카이는 연신 고개를 끄덕이며 베이스를 수정했다.

이 역시 〈The Door〉에 익숙한 이들에게는 어색함을 선사했으나, 어색함은 순식간에 사라졌다.

두 악기가 어우러지는 소리가 장난이 아니었기 때문이었다.

래퍼 최재성은 드러머에게 노트에 대해 요구를 했고, 구태환은 키보디스트에게 뭔가를 이야기했다.

결과적으로 말하자면 전부 〈Dolche〉나 〈The Door〉에 들어 있던 부분들이었다.

그런 것들을 쪼개고 쪼갠 다음에, 적절히 변형시키고,

채워 넣는다.

환상적인 사운드가 쏟아져 내린다.

심지어 그것을 연주하는 이들은 그래미 위너인 GOTM이었다.

하지만 뭔가 조금 부족하다.

보컬이 없어서인가?

그보다는 노래의 핵심이 되는 멜로디와 색깔이 없었다.

지금은 테크닉이 훌륭한 뮤지션들이 잼을 벌이는 것과 비슷한 느낌이다.

물론, 한시온도 알고 있었다.

[그리고,]
[이게 우리 노래야.]

그렇게 GOTM의 연주 뒤로 녹음된 어떤 곡의 MR이 흘러나오기 시작했다.

여기서부터는 한시온도 생각하지 못했던 운의 영역이었다.

지금 나오는 노래가 레게의 전설인 루츠 로비가 뼈대를 만든 뭄바톤 〈Summer Cream〉이었으니까.

한데, 서머 크림은 불과 몇십 분 전에 웨이 져지가 자신의 스타일로 소화를 했었다.

그렇다는 건, 이미 대중들에게 익숙함이 생겼다는 것이었다.

하지만 수준이 다르다.

⟨Dolche⟩와 ⟨The Door⟩에서 빼내 온 라인들이 곡에 날개를 달아 준다.

일렉 기타가 으르렁거리며 내뱉는 리프가 스포츠카의 엔진음 같다.

세달백일은 그 스포츠카를 타고 여름 휴가를 떠나는 것 같고.

그렇게 노래가 시작되고, 원래 이 노래를 알고 있던 소수의 사람들이 따라 부르기 시작했다.

노래를 잘 몰라 떼창을 할 수 없는 이들은 입을 벌린 채로 무대만 바라봤다.

정말 굉장한 무대였다.

하지만 놀랍게도 이게 끝이 아니었다.

세달백일은 ⟨Dolche⟩와 ⟨The Door⟩에서 빼내 온 똑같은 라인을 다르게 변형하더니, 다른 곡에 붙였다.

한데, 완성도가 정신 나간 수준이다.

정확히 그렇게 세 곡의 무대가 끝나고, 세달백일이 퇴장할 때쯤 사람들은 생각했다.

어쩌면 몇 년 뒤에, 내가 이 무대의 라이브를 보고 있었다는 것을 자랑할 순간이 올 것 같다고.

* * *

세달백일이 글렌스톤베리의 어더 스테이지에서 선보인 공연은 어마어마한 화제를 낳았다.

과장이 아니었다.

정말 화제성이 어마어마했다.

그들은 제임스 오셔와 웨이 져지의 가장 큰 히트곡을 가져와서 과감하게 해체했다.

그리곤 자신들의 음악에 붙였다.

이건 편곡이 아니었다.

하나의 곡을 최소 단위까지 해체한 다음에, 자신들의 음악을 위한 도구로 사용하는 걸 편곡이라고 부르지는 않으니까.

물론 세달백일의 보여 준 행위 자체는 특별한 방식은 아니었다.

클래식을 수학하는 음악도들이나, 예대 실용음악과의 학생들도 종종 하는 일이다.

하나의 곡을 대표하는 핵심 멜로디가 뭔지.

그 멜로디를 표현하기 위해 어떤 방법들이 쓰였는지.

이걸 다르게 바꿀 수는 없는지 등등.

이런 공부를 통해서 곡을 분석하는 능력을 높이고, 작곡의 기초를 다지는 건 흔한 일이었다.

그러니 방법 자체는 특별하지 않다.

특별한 것은 세달백일의 실력이었다.

〈Dolche〉나 〈The Door〉는 굉장히 유명한 노래다.

〈Dolche〉는 웨이 져지 커리어 역사상 가장 뛰어난 명곡이며, 〈The Door〉는 빌보드 1위의 곡이니까.

이런 곡들을 바꿔서 다르게 활용하겠다는 건 사실상 불가능하다.

기존 곡에 대한 이미지를 떨쳐 내는 것도 어렵고, 좋은 변화를 주더라도 다들 낯섦을 느낄 거니까.

한데, 자이온은 해냈다.

그것을 너무나 쉽게 해냈고, 너무나 아름답게 해냈다.

심지어 한 번만 한 것도 아니다.

그들은 자신들의 정규 1집 앨범에서 한 곡, 2집에서 한 곡, 3집에서 한 곡, 총 세 곡을 불렀다.

그 세 곡 모두에 〈Dolche〉와 〈The Door〉가 묻어 있었고.

'대체 어떻게 이럴 수가 있지?'

'무슨 짓이 벌인 거야?'

언제가 한시온이 생각했던 적이 있듯이, 덕 중의 덕이 양덕이란 말이 괜히 있는 게 아니었다.

서구권의 매니아층은 분석과 토론을 즐기는 습성이 있었다.

그들은 글렌스톤베리의 세달백일 직캠 영상을 수백 번씩 돌려 보며 대체 무슨 일이 벌어진 건지 확인하고자 했다.

심지어 유명 유투버들도 여기에 동참했다.

"오케이. 여긴 완전 2도의 변화. 여기서는 일부러 멜로디를 밴딩했고, 잠깐 이건 뭐야. 코드를 일부러 덜 짚은 느낌인데. 코드 운지가 제대로 나온 영상은 없나?"

하지만 결론은 늘 똑같았다.

"대체 이게 뭔 짓인데? 왜 좋은 건데?"

자이온이 한 행동을 분석할 수는 있지만, 이해할 수는 없다.

"이 사람은 진짜 천재야."

"이런 천재가 동양의 작은 나라에 있었다니."

"글렌스톤베리는 이런 천재들을 초청해야 해."

"뭐? 이 친구가 그래미 위너라고?"

그러다 보니 부가적인 효과도 생겨났다.

"난 다 모르겠고, 이 세 곡이 너무 좋아."

"루츠 로비와 공동 작곡한 뭄바톤이라고? 근데 왜 이 곡이 안 유명한 거야?"

"오, 앨범이 이렇게나 많이 팔렸다고? 심지어 글로벌 버전도 따로 있잖아."

"아, 그래. 그 HBO의 다큐멘터리."

"3집 앨범을 3월에 3장을 냈다고? 그게 무슨 말이야? 3월에 3, 4, 5집을 한 번에 발매했다는 거야?"

북미 지역 이외의 서구권 리스너들이 세달백일의 음악을 듣기 시작한 것이었다.

가장 열정적인 것은 캐나다였다.

캐나다는 미국과 음악 씬이 비슷하게 흘러가지만, 종종 독특한 감성이 튀어나오는 경우가 있었다.

그 중 대표적인 뮤지션이 드레이크였고.

이유는 알 수 없지만, 세달백일의 음악이 캐나다의 정서에 딱 맞는 것 같았다.

상황이 이렇게 흘러가자, 서운한 사람들이 생겨났다.

바로, 브라더스 백이었다.

[젠장, 왜 우리 음악은 무시한 건데?]
[Dolche나 The Door보다 우리 음악이 낫지 않아?]
[존나 서운해서 어제는 맥주를 스무 병이나 마셨어.]

자신들의 SNS에 올라온 이 영상은, 쇼 비즈니스를 의식해서 하는 말이 아니었다.

못 배웠지만 솔직한 이 밴드는 진심으로 세달백일에게 서운해했다.

저런 개쩌는 무대를 만들 때, 자신들의 곡만 빠졌다는 것 때문에.

그러나 한시온이 본인의 SNS에 게재한 영상을 보고는 금방 마음이 풀어졌다.

동영상 속의 한시온은 작곡 프로그램으로 글렌스톤베리에서 선보인 공연의 드럼 라인을 연주했다.

한데, 그 위에 브라더스 백의 유명 곡을 재생했는데, 드럼 라인 느낌이 딱 맞아떨어졌다.

즉, 한시온은 무대를 준비할 때 제임스 오셔와 웨이 져지뿐만 아니라 브라더스 백의 음악도 사용한 것이었다.

하지만 쇼 비즈니스적인 측면에서 드럼 라인의 사용은 별로 보여 줄 게 없었다.

게다가 변화를 주긴 했지만, 무대 아래에서는 큰 차이가 없기도 했고.

[Just Show bizniz, BB]

한시온은 그렇게 말하며 영상을 끝냈는데, 이 영상은 정말 빠른 속도로 퍼져 나갔다.

한시온의 태도가 꽤 재밌다.

그는 뒤늦게 화해의 제스처를 보이는 제임스 오셔와 웨이 져지에 대해서는 묵묵부답으로 일관하고 있었다.

한데, 잔뜩 취해서 징징거린 브라더스 백에게는 친절히 영상도 남겨 주고, 조언도 해 준다.

너희 음악도 해체해서 사용하긴 했는데, 이건 쇼 비즈니스라고. 이 정도 드럼 라인의 변화를 무대에 올릴 수는 없잖아?

같은 느낌이었다.

그러면서 동시에 BB라는 애칭을 사용했는데, 중요한 건 브라더스 백이 BB라고 불리는 걸 아주 싫어한다는 것이었다.

'더블 비'라고 불리는 것도 싫어하는 편인데, '비비'는 정말로 싫어한다.

즉, 한시온은 철없는 브라더스 백을 달래 주면서도 어딘지 살살 놀리는.

그런 모습을 짤막한 SNS를 통해서 보여 준 것이었다.

어이없지만, 이게 꽤 서구권의 여성들에게 먹혔다.

입덕 포인트라고 해야 할까?

그렇게, 2019 글렌스톤베리의 최대 수혜자는 세달백일이 되었다.

* * *

우리가 소화하는 스케줄의 질이 달라졌다.

게다가 영국 내에서도 예상치 못한 추가 스케줄이 많이 잡혔다.

그만큼 글렌스톤베리의 무대가 파괴력이 있었던 것이었다.

세달백일 멤버들은 순진하게 '역시 좋은 무대는 힘이 있어'라고 떠들었고, GOTM은 '우리 덕분에 할 수 있었던 퍼포먼스 덕분'이라고 떠들었다.

하지만 내가 보기에 중요한 건 그게 아니었다.

그것도 중요하긴 했지만, 그보다 더 의미가 있었던 건 우리가 싸웠던 상대였다.

웨이 져지와만 날을 세웠다면, 사람들은 세달백일과 웨이 져지의 대결을 구세대와 신세대의 싸움으로 봤을 것이었다.

웨이 져지는 빌보드를 대표하는 올드 뮤지션이었으니까.

그게 아니라 제임스 오셔와만 싸웠으면 어땠을까?

빌보드와 케이팝의 대결이었을 것이었다.

제임스 오셔는 최근 가장 히트한 앨범을 발매한 빌보드 뮤지션이고, 세달백일은 가장 히트한 케이팝 앨범을 발매한 케이팝 뮤지션이니까.

브라더스 백이랑만 싸웠다면?

당연히 록 밴드와 보이 밴드의 대결이 됐을 것이었다.

그러나 나는 이러한 사실을 알고 있었고, 일부러 모두와 싸움을 건 것이었다.

즉, 특정한 화제성을 가진 프레임으로 고정시키기 어려운 판을 깐 것이다.

덕분에 결과는 어떻게 됐나.

대중들이 떠들어내는 방향성도 그렇고, 빌보드 매거진에서 나간 특집 기사에서도 프레임에 대한 이야기는 없었다.

그저 세달백일이 만들어 낸 무대와 재능에 대한 이야기만 있었지.

그러니까 이 모든 일은······.

"아, 그러니까 전부 자기들이 잘났다는 소리잖아요."

서승현 본부장의 말에 움찔했다.

하지만 그건 아니다.

그저 나는 다른 멤버들이나 GOTM이 자기 덕분이라고 말하는 것에 대한 진실을 알려 주고 싶을 뿐이었다.

메타인지는 중요하니까.

"아이고, 알겠습니다. 제가 꼭 전 직원들 모아 놓고 세미나 한번 할게요." 글렌스톤베리의 성공은 한시온 대표님 덕분이라고."

"······왜 오셨습니까?"

"해외 활동 타임 테이블 때문에요. 정말로 9월까지만

하실 거예요?"

서승현 본부장의 마음을 이해한다.

물이 어마어마하게 흘러 들어오고 있는데, 노를 젓지 않는 게 아쉽겠지.

"어쩔 수 없잖아요? 이미 한국 투어 일정이 다 잡혀 있는데."

"좀 미루려면 미룰 수 있을 것 같습니다."

"투어를 미룬다고요? 대관 일정 변경의 위약금을 내고?"

"아뇨. 위약금 안 내고도 미룰 수 있을 것 같습니다. 지금 한국에서 세달백일의 반응이 장난이 아니거든요."

정말 대관 일정의 변경이 위약금 없이 될 리가 없다.

하지만 오케이 싸인만 떨어지면 자신이 어르고 달래고 협박해서 미뤄 보겠다는 뜻이었다.

서승현 본부장도 악당이 다 됐다.

그러나 그 말을 입 밖으로 내진 않았다.

말해봤자 날 보고 배웠다는 이야기나 하겠지.

게다가 이번 안건은 기각이다.

난 고개를 저었다.

"일정이야 미룰 수 있겠지만, 팬들의 기다림은 미룰 수 없잖습니까."

"그렇긴 하지만……."

서승현 본부장은 꽤 아쉬워 보였다.

그는 내년 초까지는 해외에서 활동을 하고, 내년 중순부터 한국 투어를 도는 게 좋다고 결론을 내린 듯했으니까.

나도 그 의견 자체에는 동의한다.

코로나가 문제지.

"안건은 이게 끝인가요?"

"그럴 리가요."

그렇게 말한 서승현 본부장이 터질 듯한 클립에 끼워져 있는 두툼한 서류를 내밀었다.

"이건 자이온을 찾아온 협업 제안서."

그리고는 비슷한 두께의 서류를 다시 내민다.

"이건 세달백일에게 날아온 협업 제안서."

마지막 문서는 앞서 준 것보다는 얇았지만, 그래도 두껍긴 마찬가지였다.

"그리고 이건 광고, 화보, PPL 같은 건들을 모아 놓은 커머셜 제안서입니다."

순간적으로 서류의 두께에 압도당했지만, 마음을 고쳐먹었다.

그래 뭐, 이 정도면 감당할 수 있는 양이다.

그리고 난 이런 서류를 검토하는 게 남들보다 훨씬 빠르다.

어떤 업체가 어떤 성향을 가졌는지, 어떤 업체가 오랫동안 살아남는지를 잘 알고 있기 때문이었다.

특히 빌보드권의 업체들에 한해서 더욱 **빠삭하고**.

그러니 간만에 회귀자의 미래 지식을 써먹을 때가 찾아온 거다.

"두고 가세요. 검토해 보고 빠른 시일 내에 알려 드릴게요."

그렇게 평정을 되찾고 말했지만, 이어진 서승현 본부장의 행동은 마침내 내 평정을 깨뜨렸다.

"이건 자이온, 이건 세달백일, 그리고 이건 커머셜 제안서."

똑같은 말을 하면서 앞선 것보다 몇 배는 두꺼운 서류들을 내밀었기 때문이었다.

"뭡니까?"

말은 그렇게 했지만, 난 이 서류들이 뭔지 안다.

"앞서 드린 건 2019년과 관련된 콜라보레이션이고, 지금 드린 건 2020년 콜라보레이션입니다."

후자의 것이 훨씬 두꺼운 것이 당연하다.

올해의 반이 지나갔는데, 당연히 내년도의 계획이 훨씬 많겠지.

마음 같아서는 전부 서승현 본부장에게 넘기고 싶다.

하지만……

"네. 두고 가세요."
영혼 없이 그렇게 말할 수밖에 없었다.
이건 더더욱 내가 봐야 한다.
코로나가 창궐하는 2020년의 계획이니까.
그렇게 나는 스케줄을 소화하면서도 며칠 동안 서류에 파묻혀 살아야 했다.

* * *

2019년은 세달백일의 팬들에게는 잊지 못할 한 해가 될 것 같았다.
그들의 3집 앨범이 3장이나 발매됐으며, 해외 유수의 페스티벌에서 인정을 받았고, 어마어마한 이슈를 양산해 냈으니까.
세달백일이 영국, 미국, 캐나다를 바쁘게 오가며 찍은 콘텐츠들은 대부분 한글 자막이 달려서 큰 조회 수를 기록하기도 했다.
그리고 다가온 9월.
해외 활동을 끝내고 귀국한 세달백일의 국내 투어가 시작되었다.

Album 27. 삶

세달백일의 국내 투어에 대한 팬들의 반응은 딱 반반이었다.

절반은 해외에서 이렇게 반응이 좋은데 타이밍이 너무 아쉽다.

이 경우에는 일정을 이상하게 잡은 SBI 엔터를 욕하기도 했다.

나머지 절반은 '어차피 앞으로의 활동은 해외가 주가 될 것 같으니, 국내 공연을 잡아 놔서 다행이다'였다.

하지만 두 의견 모두 세달백일이 북미에서 '진짜 성공'을 거두고 왔다는 것에는 의의가 없었다.

지금껏 꽤 많은 케이팝 그룹이 북미에 진출했지만, 대중들이 보기엔 애매한 경우가 많았다.

실제 수익성에 대한 이야기가 아니다.

엔터테인먼트들이 가지고 있는 내부 지표상으로는 생각보다 더 좋은 경우들이 많다.

그러나 정말 '스타'가 되었냐고 하면 고개를 끄덕이기가 애매했다.

하지만 세달백일은 다르다.

글렌스톤베리의 공연은 여전히 이슈에 올라 있고, 그동안 세달백일이 발매한 앨범에 대한 뒤늦은 평가들도 이어지고 있었다.

심지어 가장 처음 자이온이란 캐릭터가 등장한 보니와 로니의 팟캐스트의 조회 수도 어마어마하게 치솟았다.

다른 케이팝 그룹과 다르게 실제 매출보다 겉으로 보이는 화제성이 더 크게 여겨졌으니까.

상황이 이렇다 보니 세달백일의 공연 〈Time Travel〉에 대한 수요가 어마어마했다.

티케팅의 어려움은 물론이고, 암표 가격이 끝을 모르고 치솟고 있었으니까.

누군가는 '아이돌 공연이 다 그렇지 않나?'라고 생각할지도 모르겠지만, 실제로는 그렇지 않았다.

게다가 세달백일은 이번 공연을 어마어마하게 잡아 놨다.

서울에서 2주간 진행되는 4회 공연을 시작으로 인천,

대전, 대구, 울산, 부산, 광주 순으로 각 2회 공연을 한다.

서울에서 출발해 지도를 따라 내려가는 느낌이었는데, 이게 끝이 아니었다.

다시 서울로 올라오는 느낌으로, 정확히 역순으로 다시 1회씩의 앵콜 투어가 시작되는 것이었다.

그 끝은 마지막으로 서울에서 개최되는 땡스투 2회 공연이었고.

사실, 처음 세달백일의 이런 일정이 알려졌을 때는 쇼비즈니스 업계에서 말이 꽤 많았었다.

"아니 왜 이딴 식으로 공연을 하지?"

"그러게?"

대관이라는 게 그렇다.

같은 주의 토일을 한 번에 빌리는 것과 이번 주 토요일-다음 주 토요일로 빌리는 건 완전히 다른 이야기다.

후자가 훨씬 불리하다.

대관 비용도 올라가고, 장비를 설치하고, 사운드 체크를 하는 데 인력도 들어간다.

심지어 스태프와 장비가 이동하는 데 교통비도 든다.

그러니 전국 투어를 할 거면 각 도시에서 2회씩 묶어서 할 것이지, 내려갔다가 올라오는 건 또 뭐란 말인가?

게다가 티켓 값도 애매하다.

물론 많은 공연을 하면 전체적인 매출은 올라간다.

하지만 차라리 각 앵콜 투어를 서울에서만 하고 티켓 값을 좀 올리는 게 좋지 않았을까?

"내가 말했잖아. SBI 놈들 아무 것도 모른다니까."

"그래서 네가 뭔 상관인데?"

"이력서를 썼지."

수익의 극대화를 생각해 보면 관계자들의 이야기가 정확한 부분도 있었다.

하지만 한시온은 이번 공연에서 수익은 가장 낮은 우선 순위였다.

어차피 SBI 엔터는 어마어마한 돈을 벌어들이고 있고, 세달백일 멤버들도 마찬가지다.

이들의 금융 자산은 코로나가 시작되면 몇 배는 치솟을 거고.

그러니 돈은 별로 중요한 게 아니었다.

멤버들이 만족할 만한 공연과, 팬들이 만족할 만한 공연.

그 사이에서 균형점을 찾았을 뿐이었다.

그리고 사람들은 모르겠지만, 앞으로 최소한 2년 정도는 콘서트라는 문화 예술을 관람할 기회가 없다.

이 때문에 공연을 많이 잡은 것도 있었다.

마지막으로 멤버들도 좋아했다.

"도시마다 3번씩 하는 거니까, 셋리스트를 좀 다양하게 가져가도 되겠지?"

이런 반응들 속에서 시간이 흘렀고, 국내 투어 〈Time Travel〉이 시작되었다.

* * *

세달백일의 팬덤은 많고, 다양하다.

그러니 누군가는 세달백일에게 1군 아이돌의 모습을 원했고, 또 누군가는 천재 뮤지션을 원했다.

이 때문에 세달백일의 3집 앨범이 3장이나 됐다는 이야기도 많았다.

실제로는 그냥 멤버들의 영감을 전부 곡으로 만든 것이지만, 일단 밖에서 보기엔 그랬다.

당연히 공연에 있어서도 어느 정도 호불호가 갈릴 수밖에 없었다.

"아, 난 군무 같은 거 없이 노래만 부르면 좋겠는데."

"에이, 노래 부르는 영상은 넘쳐흐른다. 오히려 군무가 귀하지."

"가서 엠쇼 직캠이나 봐라."

그러니 얼핏 보기에는 세달백일이 모든 사람들을 만족시키기는 쉽지 않았다.

그래도 결과적으로는 호평이 이어졌다.

1, 2, 3집을 적절히 섞어서 다양한 맛을 보여 주었기 때문이다.

물론 공연 볼륨만 따지자면 1부가 가장 적었다.

2집 앨범 〈STAGE〉는 유닛 앨범들이 즐비했고, 3집 앨범은 애초에 M.I.B, M.I.G, M.I.R로 구성되어 있다.

그럼에도 불구하고 1부는 1집 앨범을 타이트한 칼군무로 선보이며 옛날 생각을 떠올리게 했다.

"와, 생각해 보니까 나는 RESUME 자컨 영상 보고 입덕했었는데."

"뭘 생각해 보니까야. 그거 얼마 안 됐어."

"아, 그런가?"

"와, 근데 최재성 파트 다 랩으로 바뀌었네?"

"저걸 언제한 거야."

공연에 게스트는 없었다.

하지만 다섯 멤버 전부가 색깔 있는 뮤지션이었기에, 꼭 게스트가 있는 것 같았다.

심지어 세달백일도 그렇게 말했고.

[이번 게스트는…….]
[복면강도입니다!]

복면을 뒤집어쓴 구태환과 이이온이 등장해서 노래를

부르는데, 장난이 아니다.

그들이 알고 있던 유닛 앨범 때와 비교해서 실력이 훨씬 늘었으니까.

게다가 앨범에는 들어 있지 않은 최재성의 랩 솔로나, 다시는 못 볼 줄 알았던 사오이의 랩 솔로도 있었다.

당연히 마싱에서 불렀던 노래들도 나왔고.

그런 것들을 보면서 팬들은 좋아했고, 놀라워했다.

"3년도 안 됐는데……. 진짜 열심히 했네."

"그러니까. 전부 다 듣자마자 터지는 곡들이잖아."

생각해 보면 믿기지 않을 정도의 작업량이었다.

이 정도면 기네스에 등재해야 하는 게 아닐까?

3년 동안 가장 많은 히트곡을 낸 가수로.

심지어 이런 주접이 완전히 틀린 말도 아니었다.

* * *

드롭 아웃의 팬이었다가, 세달백일에 정착한 최세희는 티케팅에 실패했다.

솔직히 무조건 티케팅에 성공할 줄 알았다.

'인천이나 대전 정도면 갈 만하지!'

인천과 대전까지 커버하겠다고 마음을 먹었기 때문이었다.

서울 4회.

인천, 대전 각각 2회.

한 바퀴를 돌고 앵콜 투어가 시작돼서 인천, 대전 각각 1회.

마지막으로 서울 2회.

무려 12회다.

국내에서 단기간에 진행한다고는 믿을 수 없는 어마어마한 볼륨의 공연이었다.

설마 이 열두 번의 공연 중에 내 몸 하나 누일 곳이 없겠는가?

그런 생각으로 임했건만 실패한 것이었다.

하지만 그녀에게 한 줄기 빛이 내렸으니, 사촌 언니가 어마어마하게 급박한 일정이 생겨서 표를 양도해 준 것이었다.

"잘…… 다녀…… 와……."

악령으로 진화하기 전 단계인 것 같은 사촌 언니의 표를 받은 최세희는 대전으로 향했다.

애초에 서울은 거들떠보지도 않고, 대전을 노렸던 언니의 혜안에 감탄하면서.

그렇게 도착한 대전은 이게 성심당의 도시인지, 세달백일의 도시인지 헷갈릴 지경이었다.

길에서 보이는 사람들이 전부 세달백일의 팬들이었으

니까.

설레면서 기대되는 시간이 흘렀다.

'와, 뭐야 엄청 깔끔하네.'

관객을 덜 받는 한이 있어도, 지나친 불편함을 만들지 않으려던 세달백일의 방향성 덕분에 콘서트장은 꽤 깔끔했다.

그렇게, 공연이 시작되었다.

상황에 따라 E와 I를 오가는(구태환으로부터 시작된 MBTI는 이제 한국을 점령했다) 최세희는 오늘 I 모드였다.

혼자, 그리고 처음 와 보는 도시에서 공연을 관람하는 것이니까.

하지만 공연의 인트로가 시작되는 순간부터 E 성향에 지배되었다.

"우아아아아아!"

최세희만 그런 게 아니었다.

모든 사람들이 미친 사람들처럼 소리를 지르고 있었다.

딱 붙는 가죽 바지에 카우보이 조끼만 입은 이이온이 등장해서 일렉 기타를 치기 시작했으니까.

한시온의 연주 실력은 알려졌지만, 다른 멤버들이 연주를 하는 모습이 본 적은 없었다.

그러나 이이온이 기타를 연주한 지는 꽤 됐다.

정확한 음을 찍는 연습을 하다 보니, 정확한 음이 뭔지에 대해 호기심이 생겼고, 그걸 기타를 치며 해결했던 것.

그러다가 GOTM과 협업을 하면서 한시온에게 조금씩 배운 것이었다.

재능이 막 특출나진 않았지만, 진득하게 노력하는 재능이 있었다.

그리고 한시온이라는 뛰어난 선생이 있었고.

덕분에 이런 멋진 연주를 선보일 수 있는 것이었다.

그리고 팬들은 이런 히스토리를 몰라도 충분히 열광할 수 있었다.

이이온의 복장.

처음으로 공개되는 연주.

그 연주가 〈STATE OF MIND〉의 도입부라면.

불을 뿜는 것 같던 일렉 기타의 하이라이트에서 진짜 불이 뿜어졌다.

치이이이익! 하는 소리와 함께 무대 위로 불꽃이 튀어오른 것이었다.

동시에 조명이 번쩍 빛을 발하며, 세달백일 멤버들이 등장했다.

한데, 복장이 제각각이었다.

디자인이 다르다는 게 아니라, 시대상이 다르다.

누군가는 한복이고, 또 누군가는 산업 혁명 시대의 영국 신사의 복장이었으니까.

그 모습을 보며 팬들은 곧장 깨달았다.

지금, 저들이 시간 여행을 했다는 걸.

그렇게 무대가 시작되었고, 제각각의 옷을 입은 세달백일이 라이브를 시작했다.

AR이 깔려있긴 했지만, 성량이 워낙 커서 잘 들리지 않는다.

그야말로 순도 100%의 라이브.

그러면서도 딱딱 맞아떨어지는 군무는 세달백일이 왜 아이돌로 살아남아서 지금의 위치에 닿았는지를 알 수 있게 해 줬다.

한데, 그렇게 〈STATE OF MIND〉가 끝나려고 할 때쯤, 탕탕! 하는 총성이 울려 퍼졌다.

대체 어디서 꺼냈는지 모르겠는데, 각자의 복장에 어울리는 무기를 꺼내든 세달백일이 사방을 경계했다.

그리고는 1집 앨범의 타이틀곡이었던 〈Pin Point〉가 흘러나오기 시작했다.

본래 홍콩 느와르의 복장을 하며 코트 자락의 각도까지 맞췄던 노래가…….

"야, 미친!"

각각의 색감과 재질을 가진 다섯 명 옷으로 펼쳐지니

더욱 화려하게 느껴졌다.

심지어 머스킷총을 든 온새미로나, 저격총 모신나강을 든 구태환의 퍼포먼스는 묘하게 달랐다.

들고 있는 무기의 길이가 달랐기 때문이었다.

하지만 그럼에도 완벽히 맞아떨어지는 일체감을 주었고……

2집 앨범의 7번 트랙인 〈Down force〉와 부드러운 연결을 보여 주고 있었다.

* * *

서울의 4회에서 시작해, 광주의 2회 공연까지 이어진 세달백일의 투어는 끝이 났다.

하지만 누구도 이게 끝이라고 말하지 않았다.

이제 내려온 순서 그대로 올라가는 앵콜 투어가 시작되기 때문이었다.

사실 대부분의 대중들은 앵콜 투어라고 하지만, 본 투어의 셋리스트와 거의 흡사할 거라고 생각했다.

하지만 아니었다.

보다 느긋했으며, 더 많은 대화를 나누기 위해 노력했다.

본 공연에서는 세달백일의 가수가 아닌 곡을 최소화했

지만, 앵콜 투어에서는 달랐다.

커밍업 넥스트 때 진행했던 미션곡들이나 마싱에서 불렀던 노래들처럼, 세달백일의 앨범에 들어 있지 않은 곡들이 상당히 많이 포함되어 있었다.

* * *

난 공연을 말도 안 되게 많이 해 본 사람이다.
그래서 한때는 공연을 싫어하던 순간도 있었다.
정확히는 프로모션이 싫었다.
공연, 뮤직비디오, 토크 쇼, 팬 사인회, 인터뷰 등등…….
이런 것들 없이 그냥 앨범을 발매하는 일만 반복하고 싶었다.
10장의 앨범으로 2억 장을 달성하는 게 말도 안 된다면 30장, 40장을 내면 되는 게 아니냐고 생각하면서.
그래서 그렇게 활동해 본 적이 있었다.
솔로로 활동할 경우, 보통 난 데뷔하고 2년 정도가 가장 핫하다.
한국에서 온 믿을 수 없는 천재 소년.
노래도 잘하고, 악기도 잘 다루고, 작곡도 잘하는 만능 플레이어.
얼굴이야, 뭐…….

서양인들 눈에 아주 매력적인 건 아니지만, 그래도 나쁘지 않았다.

좋아해 주는 사람들도 있었고.

그러니 딱 2년 동안 왕성하게 활동해서 천재 이미지를 만들고, 대외 활동을 멈춰 버린 것이었다.

그리고는 무슨 공장장처럼 앨범을 발매하기 시작했다.

1년에 최소 2장에서 많게는 4장까지.

매년 기계처럼 앨범을 발매했다.

당연한 이야기지만, 나도 새로운 곡을 작곡하는 데는 한계가 있다.

당시의 작곡 실력이 지금 레벨에 올랐던 것도 아니니까.

그래서 앞선 회차에서 히트 쳤던 곡들을 거의 다 끌어다 썼던 것 같다.

생각보다 앨범은 잘 팔렸다.

아니, 정정하겠다.

내가 기대했던 것만큼은 아니지만, 에이전시가 우려했던 것보다는 잘 팔렸다.

하나의 앨범이 적을 때는 200만 장에서, 많을 때는 500만 장까지 팔렸으니까.

그러니 내가 매년 몇 장의 앨범을 내는지의 기준은 판매량이었다.

매해 피지컬 앨범 500만 장을 팔고 싶었다.

그렇게 딱 40년만 하면 악마의 미션을 달성하는 것이니까.

물론 악마의 카운팅으로 500만 장을 팔려면 RIAA 기준으로는 1,000만 장 이상을 팔아야 한다.

경우에 따라서는 1,500만 장 이상일 때도 있고.

RIAA는 디지털 앨범 다운로드도 카운팅하니까.

그런 삶을 3년 정도 보냈다.

그리고······.

지쳤다.

팬들이 대외 활동을 하지 않는 나한테 지쳤다는 게 아니었다.

내가 스스로 지쳤다.

어이없지만, 공연이 하고 싶었고, 팬들과 소통하고 싶었다.

내 음악을 들은 사람들이 어떤 표정을 짓는지 보고 싶었고, 내가 그들에게 어떤 걸 선사했는지 느끼고 싶었다.

우스운 일이었다.

그게 싫어서 작업실에 틀어박혔는데, 시간이 지나니 그게 절실해졌다는 게.

그렇게 3년 만에 공연을 잡았고, 투어를 돌았다.

거기에 진짜가 있었다.

작업실에 틀어박혀 음악만을 만들 때는 느낄 수 없었던

리얼리즘.

내 음악을 듣고 바뀌는 사람들의 표정과 열렬한 환호.

그것은 거짓일 수가 없었다.

그때 깨달은 것은, 이게 단지 괴롭기만 한 일은 아니라는 것이었다.

악마가 내건 조건을 달성하겠다는 마음이 너무 커서, 본질을 왜곡하고 있었다.

음악은 팔려고 만드는 게 아니다.

물론 그런 사람도 있긴 하겠지만, 그런 태도라면 무슨 짓을 해도 2억 장이라는 월드 레코즈를 달성할 수가 없다.

중요한 건 좋은 음악을 만드는 것이다.

사람들이 기꺼이 살 수 있는.

계속해서 듣고 싶은.

그렇게 팬들을 만드는 것이고, 그 팬들이 많아지면 나를 구원해 주는 것이다.

그걸 절실히 깨달았다.

그 뒤로는 난 공연하는 것을 좋아했다.

물론 회귀자의 우울증 때문에 공연을 펑크 낸 적도 있고, 무대 위에서 갑자기 퇴장해 버린 적도 있다.

하지만 함성을 질러 주는 저 수많은 사람들이 나의 유일한 리얼리즘이자, 구원자라는 걸 잊지는 않았다.

사람들은 나를 스타라고 불렀지만, 진짜 별은 무대 아래서 환호를 내지르는 사람들이었다.

그러니까…….

"형, 무슨 생각해요?"

"어?"

"아뇨. 공연 얼마 안 남았는데 표정이 심각해 보이길래."

"내가 무슨 생각을 하고 있었지?"

"치매예요?"

최재성의 말에 어깨를 으쓱했다.

그럴지도 모르겠다.

난 너무 오랫동안 비슷한 삶을 살아왔기에 종종 시간과 공감 개념을 잃어버린 채 상념에 젖곤 한다.

그때 내가 무슨 생각을 했는지는 잘 떠오르지 않고.

그냥 뭐, 공연을 잘하고 싶다는 생각이었던 것 같은데.

"헛소리 하지 말고, 공연이나 잘해. 마지막이잖아."

"저야 늘 잘하죠. 공연 후기 안 봤어요? 아, 진작 랩을 시작했어야 하는데."

그렇게 말하는 최재성의 얼굴에는 한 톨의 거짓도 없었다.

처음 랩 포지션을 맡았을 때는 노래를 못하니, 어쩔 수 없이 랩을 한다는 느낌도 있었다.

물론 시간이 지나니 랩을 좋아하게 된 것 같기도 했지만, 할 수 없는 노래에 대한 미련이 완전히 없어진 건 아니었다.

하지만 투어를 돌면서 이런 감정이 완전히 바뀌었다.

최재성의 포지션 변화에 맞춰서 기존 곡들을 싹 다 바꿨는데, 이에 대한 평가가 정말 좋았기 때문이었다.

-S급 보컬들에 S급 래퍼 들어가니 시너지 장난 아니네ㅋㅋㅋ
-와 옛날 곡들도 다 바꾼 거야?
-서머 크림 랩 파트 듣고 녹아 버릴 뻔했어;;

당연히 최재성에 대한 반응도 어마어마하게 좋았고.

가정사 때문인지 모르겠지만, 최재성은 사랑을 받기 위해 음악을 하는 사람이다.

온새미로도 좀 그런 편이고.

그에 반해 구태환이나 이온 형은 음악을 스스로 완성시키는 사람이다.

대외 평가가 좋지 않더라도, 그들이 생각하기에 최선이었다면 좋았다고 생각한다.

이런 태도가 비슷하기에 구태환과 이온 형을 묶어 하나의 유닛으로 구성한 거고.

가능하다면 언젠간 온새미로와 최재성을 묶어서 〈1 보컬 + 1 래퍼〉의 앨범을 내 보고 싶은 마음도 있다.

남들 다 하는 것처럼 벌스는 래퍼가 맡고, 후렴은 보컬이 맡는 거 말고, 파트 분배에 진짜 공을 들여서.

꽤 재밌을 것 같다.

아무튼 최재성은 본인의 래퍼 롤에 굉장히 만족하고 있었고, 행복해하고 있는 것 같았다.

그런 말들을 적당히 풀어서 하고 있는데, 최재성이 생각해 본 적 없는 질문을 했다.

"그럼 형은 뭐예요?"

"뭐가?"

"저랑 새미로 형이 팬들의 사랑으로 완성되고, 이온 형이랑 태환이 형은 독불장군이라면서요."

"내가 언제 독불장군이라고 했어."

팬들을 대하는 태도에 대한 이야기가 아니라, 스스로의 음악을 대하는 태도에 대한 이야기였다.

"아무튼요. 그럼 형은 어느 쪽이에요? 평소 성격만 보면 후자인 것 같은데, 또 좀 애매하단 말이죠?"

"나야 당연히……."

쉽게 대답이 나올 것 같았는데, 나오지 않는다.

내 음악은 누구로 인해 완성되는가.

잘 모르겠다.

그렇게 머뭇거리고 있는데, 화장실에 갔던 다른 멤버들이 우르르 들어왔다.

동시에 헐레벌떡 뛰어 들어온 스태프가 콜을 보내 왔다.

공연을 위한 웨이팅이 다가온 것이었다.

"가자."

최재성도 대답이 간절했던 건 아닌 듯, 재차 묻진 않았다.

그렇게 우리는 무대 아래에서 대기했다.

"마지막도 잘 장식해 보자. 다치지 말고."

이온 형의 말에 다들 고개를 끄덕이다.

이온 형의 말처럼 이게 진짜 마지막 공연이었다.

서울에서 진행되는 2회짜리 앵콜 투어의 두 번째 공연이었으니까.

그때 사인이 들려왔고, 사인에 맞춰 리프트를 타고 무대 위에 등장했다.

-아아아아아악!
-이에에에에에!

좁은 공연장에서는 사람들의 환호성이 '와아아아' 쯤으로 들리지만, 스타디움급으로 가면 '이에에에'로 들린다.

나도 왜 그런진 모른다.

그냥 그렇다.

그렇게 우리는 무대를 시작했다.

첫 곡은 서머 크림이었다.

1집 앨범의 하위 트랙에 배치되어 있던 서머 크림은 팬들이 가장 사랑하는 노래다.

나도 이유는 잘 모른다.

좋은 곡이라고는 생각했지만, 하위 트랙에 배치했던 이유는 노래가 가진 힘이 좀 약하다고 생각해서였다.

더불어 노래의 컨셉이 주는 색도 희미하다고 판단했고.

하지만 이건 나의 오판이었다.

1집에서 가장 사랑받는 곡은 컬러 쇼를 장식한 컬러풀 스트러글도, 첫 번째 MV였던 스테이트 오브 마인드도, 타이틀곡이었던 핀 포인트도 아니다.

지금 부르는 서머 크림이다.

작곡을 할 때는 생각지도 못했던 일이다.

종종 이런 불확정성이 날 괴롭게 할 때도 있었다.

이미 완성된 실력은 더 이상 늘지 않을 것인데, 대중들의 반응은 매번 내 예상을 벗어났으니까.

하지만 지금은 아니었다.

즐길 준비가 되어 있다.

섬머 크림 - 핀포인트- 스오마로 이어진 1집 앨범의 무대가 끝나고, 본격적인 공연이 시작되었다.

앵콜 투어의 본질에 맞춰 토크를 하는 분량도 꽤 많았고, 팬들이 우리에게 깜짝 이벤트를 해 주기도 했다.

그런 시간들의 끝에 온새미로와 최재성의 듀엣 무대가 찾아왔다.

모두가 아는 노래다.

Self-portrait(자화상).

지금까지는 이 노래를 공연에 올린 적이 없었다.

내내 투어를 하는 동안에도 셋리스트에서는 빠져 있었다.

한데, 온새미로와 최재성이 서울에 도착하자마자 부탁했다.

이걸 불러 보고 싶다고.

당연히, 흔쾌히 고개를 끄덕였다.

온새미로와 최재성이 이 노래를 부르고 싶다는 것 자체가, 그들의 상처가 이미 아물었다는 걸 의미한다.

이제 당시의 감정을 떠올려도 괴롭거나 미안하진 않을 거다.

아무튼 지금부터는 꽤 쉴 수 있는 구간이다.

온새미로 - 최재성의 다음 무대는 복면강도의 듀엣 무대였는데, 2곡을 부른다.

그 다음이 내 솔로 무대다.

앵콜 투어는 빡센 칼군무가 초반에 집중되어 있었고, 뒤로 갈수록 노래에 집중하는 형식이었다.

그럼에도 불구하고 꽤 숨이 찼기 때문에 의자에 기대서 쉬고 있는데, 카메라가 들이닥친다.

공연 실황을 담은 다큐멘터리 촬영 팀이었다.

"시온 씨, 많이 힘들어요?"

"아뇨. 괜찮습니다. 오히려 힘들다기보다는 아쉽네요. 이게 마지막이니까."

"내년에 또 하면 되죠."

안 될 거다.

오늘이 2019년 12월 31일이다.

일부러 앵콜 투어의 마지막을 한 해의 마지막과 겹쳐놓은 것.

그러니 펜데믹도 두 달 남짓밖에 남지 않았다.

하지만 티 낼 수 없었기에 웃으며 고개를 끄덕였다.

그러자 다큐멘터리의 전반적인 인터뷰를 담당한 작가가 멘트를 이어 갔다.

"그래도 올해는 정말 굉장했죠? 아마 먼 미래에 세달 백일이라는 팀을 이야기할 때, 2019년을 빼놓을 순 없을 것 같아요."

"작가님이 보시기에는 뭐가 가장 좋았어요?"

"다른 사람들은 해외 활동이라고 하겠지만……. 전 3집 앨범이 정말 좋았어요."

"그래요?"

"네. 뭐, 제 생각만 그런 건 아니잖아요? 세달백일 3집 앨범이 얼마나 팔렸는지 알죠?"

당연히 알고 있다.

세달백일의 3집 앨범은 어마어마한 판매고를 기록했고, 심지어 해외에서도…….

그런 생각을 하다가 멈칫했다.

갑자기 이상한 기분이 들었기 때문이었다.

1집 앨범을 냈을 때도, 2집 앨범을 냈을 때도, 난 판매량을 주 단위로 체크했었다.

만약 가능했다면 일 단위로 체크했을 거다.

하지만 일 단위로 보고해 달라고 하는 건, 직원들에게 너무 민폐니까 주 단위로 체크했지.

당연히 1집 앨범이 어떤 흐름으로 얼마나 팔렸는지를 안다.

2집 앨범과 유닛 앨범들도 마찬가지다.

한데…….

내가 3집 앨범의 판매량을 체크한 게 언제더라?

기억이 나지 않는다.

마지막으로 체크했던 게 글렌스톤베리 전이었나?

어쩌면 그보다 더 전이었을 수도 있을 것 같다.

갑자기 이상함을 느끼니, 정말 이상한 것 같다는 생각이 몽글몽글 피어올랐다.

가장 이상한 건 M.I.R이었다.

3집 앨범의 세 번째 시리즈인 〈MAKE IT RAINBOW〉는 호불호가 극심하게 갈리는 앨범이었다.

M.I.B와 M.I.G에 미친 반응을 보이던 이들 중에도 M.I.R은 싫다는 이들이 많았다.

당연히 앨범 판매량도 세 개의 시리즈 중에서 가장 낮았다.

세 장 시리즈를 전부 소유하려는 소유욕이 아니었다면, 이보다 한참 낮았을 것이었다.

보통의 나라면 이런 상황에 화를 내고, 초조해한다.

남들은 2장이나 히트를 쳐 놓고 고작 1장의 판매량이 부진한 것에 화를 내냐고 물을 수도 있다.

하지만 화가 난다.

보통 데뷔하고 3년 동안이 앨범이 가장 잘 팔리는 시즌이니까.

그 사이에 최대한 많이 팔아야 하는데, 흐름이 무너져 버린 것이니까.

하지만…….

이번에는 아무렇지도 않았던 것 같다.

M.I.R이 좀 덜 팔렸지만.
"다음 앨범을 더 잘 만들면 되니까."
그냥 그렇게 생각했었다.
"네?"
내 혼잣말에 당황한 작가가 뭐라고 말을 하려는 순간이었다.

공간이 일그러진다.
현실감이 사라진다.
세상이 내 주변을 스쳐 지나가더니, 색이 번지고, 경계선들이 무너진다.
정신을 차리니…….
악마의 사거리였다.
브아아앙-!
거대한 트럭이 스쳐 지나갔음에도 내 옷자락은 미동도 없었다.
게다가 차를 몰고 가는 수많은 운전자들은 사거리의 정중앙에 내가 서 있다는 걸 인식하지 못했다.
왜냐하면, 나와 그들은 다른 공간에 서있으니까.
순간 화가 울컥 치솟았다.
내가 포기했다고?
실망했다고?
개소리 하지 마라.

전혀 아니다.

몇 분 전까지만 해도 나는 공연을 즐기고 있었고, 멤버들의 실력에 박수를 보내고 있었다.

스테이지 밑으로 내려와서는 다큐멘터리 촬영팀과 대화를 나누며 M.I.R에 대한 생각을 하고 있었다.

그렇게 내린 결론은 긍정적이었다.

다음 앨범을 더 잘 팔면 그만이라고.

그러니 이건 뭔가 잘못됐다.

〈포기하면, 회귀한다.〉

분명 회귀 규칙에 오류가 생긴 것이었다.

난 포기하지 않았으니까.

욕을 하고 싶었다.

비명을 지르고 싶었다.

이렇게 회귀를 하면 안 된다.

오늘은 한 해의 마지막을 장식하는 투어의 마지막 날이었다.

지금 내가 사라진다면 얼마나 많은 문제를 야기할 것인가?

세달백일 멤버들은 내 부재를 받아들일 수 있을까?

슬퍼하다가 무너지지 않을까?

게다가 난 다큐멘터리 카메라 앞에서 이야기하다가 갑자기 사라진 셈이 된다.

음모론이 피어오를 거고, 그 음모론이 우리 팀의 멤버들을 괴롭힐 것이다.

세달백일 멤버들이 나의 부재를 이겨 내기도 전에, 호기심을 가지고 달려드는 수많은 기자들을 상대해야 할 것이다.

게다가 티티는 또 어쩐단 말인가?

나를 응원해 주고, 지지해 주던 수많은 별들.

아니, 구원자들.

그러니까 이건 뭔가 잘못됐다.

그걸 설명하기 위해 악마의 면전에다 고함을 지르고 싶었다.

하지만…….

회귀가 발동한 사거리에는 악마가 나타나지 않는다.

그저 메시지가 나타날 뿐이다.

심지어 처음에는 메시지도 없었다.

멘탈이 완전히 망가져 버려서, 무의식적인 회귀를 반복할 때쯤 생겨났던 거다.

아마 악마의 입장에서는 나한테 '기준'을 주고 싶었던 것 같다.

그러나 지금은 아니다.

제발, 악마가 나타나서 오류라고 말을 해 주기를.
그리고 나를 공연장으로 돌려주기를.
하지만…….
현실은 잔혹했다.

[미션에 실패했습니다.]

메시지가 떠오름과 동시에 사거리가 확장되며 중첩되기 시작했다.
세상에 존재하는 모든 사거리가 나를 중심으로 중첩되고, 확장된다.
색깔이 사라진다.
모든 색이 섞이면 결국 그 색은 검은색이니까.
그렇게 온 세상이 검은색으로 뒤덮였을 때.

[회귀합니다.]

열아홉이 되었다.

* * *

"……."

링거를 맞으며 멍한 눈으로 병실 천장을 바라보았다.

간호사가 다가와서 몸에는 이상이 없지만, 극심한 탈수 증상 때문에 링거를 맞는 중이라고 알려 줬다.

너무 많이 울어서 그렇다.

회귀의 시작 지점인 차 안에서 계속 울부짖었다.

이건 아니라고.

빨리 원래의 나로 되돌려 달라고.

구조대원들은 그런 나의 모습에 전혀 이상함을 느끼지 못했다.

교통사고의 피해자가 보일 법한 당연한 행동이라고 생각했던 것 같다.

그러다 보니 부모님을 성남의 병원으로 이송해 달라는 요구도 못했다.

이상한 병원에 와 있다.

"시, 시온아!"

그래서 연락을 받은 현수 삼촌이 헐레벌떡 병원으로 달려온 것이었고.

눈물을 흘리는 삼촌의 얼굴을 보며 마음을 진정시켰다.

그리고는 부모님이 근무하시던 병원으로 옮겨 달라고 부탁했다.

식물인간 판정을 쉽게 내리지 말라는 말과 함께.

현수 삼촌은 나의 덤덤함이 더욱 슬펐는지 눈물을 흘렸다.

그러나 나는 덤덤한 것이 아니었다.

목표를 세운 것이었다.

이 빌어먹을 악마가 왜 이런 짓을 벌였는지 모르겠다.

그동안 무의식적인 포기를 수도 없이 해 봐서 잘 알고 있다.

난 포기하지 않았다.

하지만 아무리 투덜거려 봤자, 현실은 변하지 않는다.

그러니 다시 시작할 것이었다.

그리고 '원래의 나'로 돌아갈 것이다.

커밍업 넥스트에서 세달백일 멤버들을 만나고, 팀을 꾸리고, 자컨을 찍고, 1집 앨범을 발매하고.

어떻게 보면 유리한 지점도 있다.

나는 세달백일 멤버들의 인격을 이해하고 있으며, 그들이 어떤 포텐셜을 가지고 있는지도 이해하고 있으니까.

최재성한테는 더 빠르게 랩을 시켜야겠다.

온새미로의 부모님 때문에 시작되는 사고도 막아야 하고.

최대호는 어떻게 해야 하지?

생각해 보면 최대호는 필요악이다.

쓰레기 같은 사람이지만, 그 쓰레기짓 덕분에 세달백일

이 똘똘 뭉쳤다.

좋아. 최대호는 놔두자.

대신에 온새미로의 부모님 쪽을 단단하게 단도리를 치자.

그런 생각을 하며 현수 삼촌의 등을 쓸어 주었던 것 같다.

* * *

LB 스튜디오의 이현석 대표는 여전했다.

내 연주를 들은 조카의 연락을 받고 뛰어왔으며, 커밍 업 넥스트에 추천해 달라고 하니까 울부짖는다.

"이, 이 병신 같은 프로그램에?"

멘트도 똑같은 거 같은데.

새로운 삶이 시작되면, 직전 회차를 추모하며 곡을 만드는 건 내 오래된 습관이다.

지난 생에 만들었던 곡은 꾼들이었다.

어쩌다 보니까 〈PLAYERS〉란 곡으로 추모의 당사자인 〈GOTM〉에게 돌아가게 되었고.

뭐, 보컬은 세달백일이 하긴 했지.

하지만 이번에는 추모곡을 만들지 않았다.

지난 회차는 추모할 필요가 없다.

악마가 끝났다고 조롱을 했지만, 난 끝내지 않았다.
내게 세달백일은 현재 진행형이다.
2019년 12월 31일에 앵콜 투어의 마지막을 장식하는 순간까지 갈 거다.

* * *

B팀 선발전에 대한 공지를 받았고, 촬영을 위해 인천의 컨벤션 센터로 향했다.
이때가 제일 긴장됐던 순간이다.
만약, 삶의 불확정성이 발동했으면 어떡하지?
이이온, 온새미로, 최재성, 구태환.
이들 중 한 명이라도 커밍업 넥스트에 지원하지 않았다면 어떻게 해야 하지?
하지만 다행히 아니었다.
가슴팍에 큰 명찰을 단 B팀 지원자들 사이에는 그들이 존재했다.
음, 이온 형은 좀 못생겨진 거 같네.
아닌가, 내가 전성기를 찍었던 이온 형의 얼굴에 너무 익숙해져서 그런가?
하긴 이때는 관리도 안 받았고, 카메라 마사지도 안 됐고, 운동도 열심히 안 할 때니까.

아, 그래.

이번에는 더 제대로 몸을 만들어 줄 수 있을 것 같다.

이온 형은 남들보다 근육의 회복이 느린 편이라서 통상적인 부위별 48시간 휴식이 아니라, 60시간 휴식이 필요하다.

온새미로는 근력 운동에 집중을 잘 못해서, 초창기에는 고강도의 인터벌 트레이닝이 더 좋다.

최재성과 구태환은 어지간한 트레이닝 세션은 잘 따라오는 편이고.

보고 있냐, 빌어먹을 악마 놈.

이처럼 난 멤버들 개개인의 체질까지 기억하고 있다.

어쨌든 이 순간부터는 기억력 싸움이었다.

멤버들에게 위화감을 조성하지 않기 위해서, 최대한 지난 생과 똑같이 행동하려고 노력했다.

그렇게 행동하다 보니 깨달은 게 있다.

내가 좀…….

싸가지가 없긴 했네.

어쩌면 우리 멤버들은 성격이 정말 좋은 사람들이 아니었을까?

대체 왜 라이언 엔터를 거절하고 나를 따라온 거지.

그렇게 모든 걸 똑같이 행동하는 와중에도 도저히 참을 수 없는 것이 있었다.

"……노력하겠습니다."

분명 구태환은 내가 좋아해서 저걸 해 줬다고 했다.

하지만 진짜 아니다.

난 아니다.

아마 구태환이 최재성 같은 놈들과 말을 맞추고 날 놀리기 위해서 한 말일 거다.

그래서 물어봤다.

"그 말은 왜 하는 거예요?"

"……좋아하는 거 같아서."

"제가요?"

"네."

"언제요?"

"노력하겠다고 하니까 표정이 좀 바뀌던데……."

진짜 아니다.

좋아했다기보다는 오랜만에 들어서 반가워서 그런 거다.

"노력하겠습니다."

아니라고!

* * *

최대한 지난 생과 똑같이 활동하려고 했지만, 어쩔 수 없이 조금씩 달라지는 부분은 있었다.

특히 사람을 대하는 부분이 그랬는데, 이온 형과 온새미로에게 유독 그런 부분이 도드라졌다.

지난 생에서 이온 형의 음색을 비난하던 멘트를 떠올려 보면, 내가 나빴다.

온새미로의 가정사를 모르고, 찌질함을 비웃던 것도 나빴고.

하지만 전혀 생각지도 못하게 내 태도가 변화한 사람도 있었는데, 그건 바로 페이드였다.

"은퇴……. 하지 뭐. 어차피 돈과 인기를 누리고 싶었던 거니까. 못 누릴 거라면 아득바득 붙어 있을 이유도 없고."
"안 그러면 니가 테이크씬이라고 가만히 놔두겠어?"
"좋겠네. 음악 잘해서."

페이드가 왜 저런 말을 했는지는 아직도 모른다.
그래서 그런지 나도 모르게 페이드를 보며 살짝 주저했던 것 같다.
원래는 명동 노래방 미션에서 대판 싸웠었는데.
근데, 생각해 보면 또 이상하다.
원래 페이드는 테이크씬의 탈락자다.
그래서 라이언 엔터를 떠나고, 시간이 좀 흘러 다른 엔터에서 포더유스로 데뷔한다.

난 지난 생에 페이드가 커밍업 넥스트에 출연한 걸, 아주 가끔씩 발동하는 불확정성이라고 생각했었다.

한데 왜 또 페이드가 있을까?

잘 모르겠다.

그렇게 페이드에게 미온적인 태도를 보였지만, 결과는 크게 달라지지 않았다.

테이크씬과 함께 숙소 생활을 시작할 때쯤 싸움이 붙었으니까.

"씨발, 뭘 그렇게 관찰하냐? 너, 나 짝사랑하냐?"

오히려 반갑네.

온새미로의 복수를 해 주겠어.

* * *

커밍업 넥스트가 끝이 났다.

우승자는 테이크씬이다.

솔직히 이번 생의 세달백일은 지난 생의 세달백일보다 훨씬 잘했다.

어느 순간쯤 되니까 최대한 비슷하게 갈 필요가 없을 것 같더라고.

중요한 건 멤버들과의 관계성이지, 우리가 무대에서 부

르는 곡이 아니니까.

B팀 선발전 때는 똑같이 〈가로등 아래서〉를 불렀지만, 본선 때는 좀 바꿨다.

크리스 에드워드와의 인연을 만들어 주는 웨프플의 플라워스 브룸을 제외하면, 전부 다른 곡을 불렀다는 것이었다.

그렇게 훨씬 뛰어난 무대를 선보였음에도, 우승은 테이크씬이었다.

뭐, 당연한 일이긴 하다.

테이크씬의 우승은 실력과 무관한 자본주의의 논리였으니까.

하지만 전혀 아쉽지 않았다.

오히려 너무 잘해 버려서 우리가 우승하면 어쩌지란 고민을 하고 있었으니까.

그리고…….

"그러면? 이제 와서 우리가 라이언 엔터의 연습생이라도 될 줄 알았어?"

세달백일 멤버들은 여전히 날 지지해 준다.

그렇게 우리는 라이언 엔터와 갈라섰고, 최대호의 분노를 샀다.

커밍업 넥스트에서 부른 노래를 제외하면 달라진 게 없는 결과였다.

아니다.
한 가지는 달라졌다.
바로, 대중들의 반응이다.

-아니 ㅅㅂ 이게 말이 되냐?
-세달백일이 이름이 좀 구려서 그렇지 실력만 놓고 보면 깔 게 없는 수준이었는데?
-최대호 진짜 미친 거 아니냐? 이럴 거면 프로모션 방송을 했어야지.

조금 더 격렬하게 대중들이 세달백일을 지지하기 시작했다.
덕분에 라이언 엔터가 우리의 앞길을 막았지만, 이전 생보다는 수월하다.
그렇게 우리는 자컨 + 드롭 아웃의 이슈로 메인스트림 끄트머리에 발가락을 올렸다.
업계 사람들은 세달백일이 최대호의 방해 공작을 맞이해 발악 중이라고 하지만, 조금만 기다려 봐라.
1집 앨범이 나올 거니까.
하지만 그때 어이없는 일이 벌어졌다.
모든 레코딩이 끝났고, 발매 일정을 잡고 있었는데…….

[미션에 실패했습니다.]

[회귀합니다.]

다시 회귀가 벌어졌다.

황당했다.

이번에 새로 만든 1집 앨범은 기존의 1집 앨범보다 훨씬 뛰어난 앨범이다.

앨범의 구성 자체는 2트랙만 바꿨지만, 세달백일 멤버들의 실력이 늘어났기 때문이었다.

그 이유는 내가 멤버들의 성향을 더 자세히 알게 됐기 때문이었고.

그러니 1집 앨범의 발매를 얼마나 기다리고 있었는데, 포기라고?

절대 회귀를 할 타이밍이 아니다.

이로써 한 가지는 확실해졌다.

원래의 나도, 그리고 이번 생도 포기해서 회귀했던 게 아니다.

악마가 강제로 회귀를 시킨 것이다.

이유가 대체 뭘까?

악마는 내가 세달백일로 활동하는 것을 원하지 않는 걸까?

그게 아니라면, 세달백일로 활동하는 게 2억 장을 팔 가능성이 없다고 단언하는 것일까?

빨리 포기하고 다른 길을 찾아보라고.

하지만 그렇게 생각하긴 좀 이상하다.

정신 건강을 논외로 치자면, 내가 가장 가능성 없던 분야에 매달렸을 때가 베이시스트로 활동할 때다.

습관적인 회귀를 반복하던 건 EDM 음악을 할 때긴 하다.

하지만 돌이켜 보면 베이스 연주자로 2억 장을 팔겠다는 건 말도 안 되는 생각이었다.

그럼에도 악마는 날 말리지 않았다.

강제로 회귀시킨다든가, 가능성이 없으니 포기하라는 메시지를 보내거나 하지 않았다.

한데 세달백일로 활동할 때만 그런 행위를 한다?

이치에 맞지 않는다.

그런 생각을 하고 있을 때쯤 구급대원들이 도착했다.

한 번 겪었던 일이라서 침착함을 유지할 수 있었다.

구급대원들에게 부모님의 인적 사항과 이송을 원하는 병원을 전달하면서 다짐했다.

악마가 대체 왜 이런 짓을 하는지 모르겠다.

하지만 내 결정은 간단하다.

개소리 마라.

난 무슨 일이 있어도 우리 멤버들이랑 끝을 볼 거니까.

* * *

 뭔가 2부가 시작된 기분이다.
 2막이라는 표현이 더 어울리려나?
 그렇다면 1막은 무한 회귀였다.
 정말 많은 분야에 도전했고, 실력을 쌓았다.
 2억 장에 도전한다는 명제 자체는 달성하지 못했지만, 꼭 필요한 시간들이었다.
 괴로웠지만, 그 괴로움이 없었다면 지금의 수준에 오르지 못했을 것이니까.
 그렇게 1막의 마지막은 GOTM으로 끝이 났다.
 무수히 많은 시행착오를 통해서 만든 최고의 밴드.
 하지만 GOTM으로도 2억 장은 달성할 수 없었고, 포기했다.
 그렇게 시작된 2막이 세달백일이었다.
 처음 한국에서 도전을 시작할 때만 해도, '빌어먹을 아이돌'이라고 생각했었다.
 의도적으로 외면하고 살았던 포더유스 시절의 기억은 최악이었으니까.
 그래서 마음의 벽을 쌓았고, 세달백일은 커밍업 넥스트 때 만난 프로젝트 그룹이라고만 생각했다.
 내 선택과 무관하게 만난 사람들.

백일이 지나면 헤어질 우연.

하지만 이게 2막의 시작이었다.

악마가 무슨 수작을 부리든 난 반드시 세달백일로 목표를 달성할 거니까.

그러니까 이번 생이 2막의 3회차쯤 될 것 같다.

2막의 1회차는 앵콜 투어를 하다가 끝이 났고, 2막의 2회차는 앨범 발매를 기다리다가 끝이 났다.

그렇다면 악마가 이번 생에서도 강제적으로 회귀를 시킬 확률이 높다.

스탠스를 좀 바꿔 보자.

뭘 해야 할까?

난 그런 생각을 하다가 한 가지 아이디어를 떠올렸다.

예전에는 자주 하던 짓이다.

그러나 내가 회귀한 이후에도 세계가 존재한다는 걸 알게 된 이후에는 한 번도 해 본 적이 없었다.

죄책감이 들었으니까.

그러나……

"최대호니까."

별로 죄책감이 안 들 것 같다.

간단한 아이디어였다.

최대호의 약점을 잡아서 협박을 하면 된다.

최대호 정도의 성격을 가지고, 최대호 정도의 위치에

오른 놈들은 보통 '세상에 절대 밝혀지면 안 될 비밀'이 있다.

내가 그걸 움켜쥐고 최대호를 흔들면 된다.

만약 그 비밀이 없다면?

만들면 된다.

정보와 돈이 있는 회귀자는 충분히 할 수 있다.

그래서 원하는 게 뭐냐고?

커밍업 넥스트의 우승이다.

악마가 무슨 이유 때문에 날 자꾸 회귀시키는지 모르겠지만, 이번에는 시작부터 메인스트림으로 편입이 되어 볼 생각이다.

* * *

"우승은……."

"세달백일!"

커밍업 넥스트에서 우승을 했다.

하지만 뒷맛이 썩 개운하진 않다.

최대호는 생각보다 더 평범한 사람이었다.

좋은 사람이란 말은 아니다.

그 무엇보다 자신의 이익을 최우선으로 삼고, 이익을 위해서라면 타인에게 해를 끼치는 것도 서슴지 않으니까.

하지만······.

대부분의 평범한 사람들은 그렇게 살아간다.

최대호가 저지른 악행들은 충분한 약점이 되었지만, 그렇다고 그의 인격을 말살할 정도였는지에 대한 의문은 든다.

하지만 어쨌든 난 최대호를 두려움에 떨게 만드는 데 성공했고, 세달백일은 우승을 차지했다.

다만 테이크썬은 예정대로 데뷔하기로 했다.

라이언 엔터 입장에서 테이크썬이 정상적으로 데뷔하지 못하면 손해가 너무 커지니까.

세달백일은 라이언 엔터 산하의 독립 레이블이 되어 3년간 활동을 할 거고, 3년 뒤에는 독립을 할 거다.

그냥 그렇게 됐다.

내가 그렇게 원했으니까.

활동 느낌이 좀 달라졌는데, 첫 번째 곡은 뭘로 해야할까?

원래 삶처럼 〈RESUME〉로 가기에는 좀 애매하지 않나?

자본을 등에 업은 팀이 됐으니까 예전처럼 인디펜던트 느낌은······.

[미션에 실패했습니다.]

[회귀합니다.]

아, 젠장.

* * *

회귀 2막이 쉬지 않고 이어졌다.
내 감정 상태는 1막과 크게 다를 바가 없었다.
자꾸 벌어지는 회귀에 지쳤고, 뭘 해야 할지 막막했다.
그럼에도 불구하고 포기할 수는 없었다.
때론 악마에게 욕을 퍼부었으며, 나도 모르게 주변 사람들에게 짜증스러운 반응을 보일 때도 있었다.
심지어 내 정신 건강이 나빠진 회차에는 세달백일 멤버들과 예전처럼 친하게 지내지 못할 때도 있었다.
하지만 한 가지 변하지 않는 건, 내 팀은 늘 세달백일이었다는 것이었다.
왜냐고 물어보면 잘 모르겠다.
하지만 그냥 그랬다.
그렇다고 오기나 고집도 아니었다.
난 여전히 세달백일이 나에게 있어 최고의 팀이라고 생각하니까.
빌보드 최상위권의 가수들과 비교하자면 재능은 좀 밀

려도, 이들이 가지고 있는 향상심과 올바른 정신은 재능보다 더 큰 가치를 갖는다.
그러니까…….

[미션에 실패했습니다.]
[회귀합니다.]

내가 무슨 생각을 하고 있었더라?

* * *

2막의 회귀가 얼마나 진행됐는지 모르겠다.
최소한 30회차는 넘었고, 50회차는 넘지 않았던 것 같다.
정말 많은 것을 시도했다.
커밍업 넥스트가 끝나자마자, 미국으로 떠나 본 적도 있었다.
아이돌이 아니라 제대로 된 전통 밴드로 탈바꿈해 본 적도 있었고, 힙합 그룹으로 변모한 적도 있었다.
하지만 악마는 늘 나를 회귀시켰다.
이쯤 되니까 좀 헷갈린다.
내가 악마 때문에 회귀를 하는 건지, 나도 모르게 포기를 해 버린 건지.

그래도…….

"시온아! 빨리 와."

"소원은 빌보드 1위로 빌어 봐."

"생일 케이크가 닭가슴살 케이크라니……. 진짜 최악이에요."

내 옆에 있는 사람들은 변하지 않았다.

* * *

얼마의 시간이 지났는지 모르겠다.

100회차는 됐으려나?

종종 새로운 회차가 시작하자마자 회귀를 한 적도 있었으니까, 더 모르겠다.

이 닫힌 시간 안을 영원히 반복하게 될 거라는 불안감이 스멀스멀 피어오른다.

* * *

세달백일과 함께 그래미 어워드를 탔다.

무려 3관왕이다.

이게 무슨 일인지 모르겠다.

드디어 악마가 날 회귀시키는 걸 포기한 건가?

그렇다면 이번에야 말로 2억 장을 노릴 수도 있을 것…….

[미션에 실패했습니다.]
[회귀합니다.]

* * *

끝없는 회귀 속에서 약간 정신을 놓았던 것 같다.

그래서 이번 회차는 특별한 계획 없이 내가 하고 싶은 대로 행동했다.

이럴 때도 있어야 한다.

스트레스를 관리하기 위해서.

라이언 엔터와 척을 지고, 언더그라운드를 돌아다녔다.

자컨으로 대박을 냈고, 메인스트림에 편입되나 했는데, 최대호가 우리 부모님의 이야기를 터트린다.

그럼 나는 박승원 팀장을 설득해야지.

이 사람은 최대호에게 불만을 가지고 있을 확률이 몹시 높으니까.

그렇게 시간이 흐르다가 최재성이 온새미로의 부모님 때문에 다쳤다.

나는 그를 위해서 쇼미왓유갓에 출연했고, 사오이란 이름으로 우승을 했다.

최재성은 래퍼가 되었다.

GOTM이 〈G.O.T.M〉을 발매해서 그래미 어워드를 석권하고, 우리는 글렌스톤베리에게 이슈를 만들어 냈다.

뭔가 좀 이상하다.

지독한 기시감이 든다.

언젠가 겪어 봤던 일인 것 같다.

하지만 깊이 생각하진 않았다.

그렇게 우리의 국내 투어가 시작되었다.

전국을 돌아다닌 다음에 역순으로 앵콜 투어를…….

잠깐만.

이거 2막 1회차 아닌가?

너무 예전이라서 잘 기억은 나지 않지만, 완전히 똑같은 것 같다.

좀 신기한 기분이 든다.

기분 내키는 대로 행동했는데 2막 1회차와 똑같은 삶을 살았다니.

그럼 이번에도 앵콜 투어의 마지막에 회귀시키려나?

그러지 않았으면 좋겠지만, 그래도 상관없다.

할 테면 해 봐라.

난 절대 포기하지 않을 것이…….

…….
…….
…….
그 순간이었다.
벼락같은 깨달음이 내리꽂혔다.
아.
아아.
그랬구나.
그랬던 거였어…….
고개를 들었다.
공연을 준비하던 스태프들이나, 마지막 합을 맞춰 보던 멤버들의 모습은 온데간데없었다.
사라진 게 아니라, 없었다.
이곳은 악마의 사거리니까.
또다시 회귀가 진행되려고 이곳으로 끌려온 게 아니다.
난 계속 여기에 서 있었다.
세달백일의 앵콜 투어 중, 갑자기 사거리로 불려 왔을 때부터.
정확히는.

"다음 앨범을 더 잘 만들면 되니까."

다큐멘터리 촬영팀과 그런 인터뷰를 하다가 불려 온 순간부터.

그러니까, 내가 봤던 것은 전부 환상이었다.

[넌 회귀 규칙에 지나치게 얽매여 있다.]
[단 한 번이라고 성공의 규칙에 대해서 탐닉해 본 적이 있나?]

회귀가 발동되는 규칙은 너무나 간단하다.
포기하면, 회귀한다.
포기는 내가 마음대로 결정하는 게 아니다.
의식과 무의식.
이성과 관념.
본성과 충동.
그 모든 것들이 알아서 결정을 내린다.
그것이 나의 '진심'이니까.
그러니 성공 규칙 역시 너무나 간단했다.

포기하지 않으면, 성공한다.

내가 얼마의 앨범을 파는지는 사실 중요하지 않았다.
그 어떤 괴로움이 찾아와도.

그 어떤 고통이 찾아와도.

절대 포기하지 않겠다는 '진심'이 있다면, 그것은 성공이다.

진심이란 스스로의 마음을 속여서 쟁취할 수 있는 게 아니다.

애초에 마음은 속이는 것 자체가 불가능하다.

그리고 나는 그 긴 환상 속에서도 단 한 번도 세달백일과 함께한다는 마음을 바꾸지 않았다.

돌이켜 보니, 악마는 몇 번이나 힌트를 줬다.

악마에게 성공 확률이 몇 퍼센트쯤 되는지 물어본 적이 있다.

그때 답변은 시간의 시련을 견딜 수만 있다면 100%라고 했다.

[그 '시간'은 모든 회차를 아우르는 것이 아니다.]

이제야 알겠다.

'시간'은 회귀의 시간이 아니다.

계절처럼 찾아오는 희노애락.

불규칙하게 찾아오는 행운과 불행.

노력과 무관하게 밀물과 썰물처럼 오가는 성공과 실패.

그 모든 시간의 시련을 견딜 수 있다면, 나는 애초에 성공이었다.

하지만 혼자서는 도저히 견디지 못했다.

그 어떤 동료들과도 견디지 못했다.

하지만 딱 한 팀.

우연히 만났으며, 우연히 팀이 되었고, 우연히 친해진.

세달백일.

그들과는 어떤 시간이 찾아와도 견딜 수 있었다.

그러니.

"내가…… 성공한 거군."

그 순간, 공간을 뒤흔들며 〈사거리의 악마〉가 나타났다.

언제나 그랬듯, 악마가 등장하는 순간 이성이 강제로 활성화되었다.

서서히 현실 감각이 되돌아온다.

환상 속에서 보낸 아득한 시간 때문에 생겼던 수많은 감정들의 부유물들이 천천히 가라앉는다.

그와 동시에 지금까지의 나를 객관적으로 바라볼 수 있었다.

회귀 2막…….

아니, 환상이라고 불러야겠다.

실제로 벌어졌던 상황은 아니니까.

환상 속에서 회귀를 진행할 때는 이상함을 느끼지 못했지만, 사실 그 안의 '한시온'은 좀 이상했다.

어설프고, 감정적이고, 충동적이다.

원래 난 기나긴 회귀 때문에 감정이 꽤 마모된 상태였다.

세달백일과 함께 지내며 많이 괜찮아지긴 했지만, 욕설 같은 걸 아무렇게나 지껄일 정도는 아니었다.

그러나 환상 속의 나는 그러했다.

아마 환상에 실제가 반영된 탓이리라.

1회차 회귀 때, 나는 꽤 감정적이었다.

약간의 재능을 가지고 있는 평범한 가수 지망생이었으니까.

나이도 고작해야 스무 살이었고.

2회차 회귀 때는 보다 도전적이었다.

1회차가 끝나고 진짜 회귀가 된다는 걸 깨닫고는 이것저것을 시도해 보려고 했었다.

3회차 때는 염세적으로 바뀌었다.

돈으로 모든 것을 해결해 보려는 회차였다.

이게 환상 속의 회귀에 그대로 반영되었다.

실제 1회차의 감정선과 환상 1회차의 감정선이 같다.

실제 2회차의 감정선과 환상 2회차의 감정선이 같다.

그렇게 난 실제 회귀를 하면 가졌던 감정선으로 환상

속의 회귀를 진행한 것이었다.

 하지만 그럼에도 나의 대명제는 변하지 않았다.

 세달백일과 끝을 본다.

 생각해 보면 신기할 정도다.

 내가 왜 그 긴 회차를 보낸 환상 속에서 단 한 번도 멤버 구성을 바꾸지 않았지?

 한 번쯤은 다른 멤버 조합을 시도해 볼 법도 한데.

 어렴풋이 드는 생각들은 있지만, 나도 이유는 잘 모르겠다.

 하지만 이유조차 모른 채 기나긴 시간 동안 고수했다면······.

 "그게 내 진심이었군."

 내 영혼과 본성이 반응한 것일 터였다.

 "이게 마지막 시험이었나?"

 내 질문에 대한 악마의 답은 의외였다.

 [언제나 있었던 일이었다.]

 "뭐?"

 [하나의 교차로가 사라지면, 언제나 있었던 일이었다. 너는 기억하지 못할 뿐.]

 "왜 기억하지 못했던 거지?"

 [인간의 정신이 견딜 리가 없으니까.]

 "그럼 이번에도 기억은 사라지나?"

[현상 자체는 기억할 것이나, 자세한 기억은 사라질 것이다. 너에게도 그게 좋지 않겠는가?]

처음엔 무슨 말인지 몰랐지만, 뒤늦게 이해했다.

악마의 말이 맞다.

내가 세달백일과 모든 일을 다 해 본 기억이 있어서 좋을 게 없다.

이제 난 그들과 '진짜 삶'을 살아가게 된다.

때론 헤매기도 할 거고, 때론 싸우기도 할 거고, 때론 즐겁기도 할 거다.

그런 모든 선물 상자를 미리 열어 봤던 기억을 가지고 있어서 좋을 게 없으니까.

그제야 갑자기 왜 이런 일이 시작됐는지 알았다.

나는 앨범을 팔아야 한다는 강박을 느끼는 사람이었다.

하지만 세달백일의 3집 앨범을 낼 때부터는 그런 걸 느끼지 않았고, 앨범의 판매량조차 크게 신경 쓰지 않았다.

아쉬운 판매량이 나왔다면 어쩔 수 없는 일이다.

하지만 그게 '끝'은 아니다.

'다음'에 다시 하면 되니까.

영원한 다음이 있다면, 그것은 끝나지 않는 이야기다.

그러니 우리의 이야기는 끝나지 않는다.

뒤늦게 떠오르는 또 하나의 생각이 있었다.

최재성이 다쳤을 때.

난 회귀를 하려고 했었고, 악마와 만났었다.

그때 이런 대화를 나눴었다.

"목표량을 3억 장으로 올리고 최재성을 치료해 주는 방법 같은 건……."

[불가능하다. 목표량은 정량으로 설정된 것이 아니다. 관념이다.]

정량이 아닌 관념.

당시에는 무슨 말인지 이해하지 못했지만, 이제는 안다.

2억 장은 말 그대로 내가 포기하진 않겠지만, 달성할 수도 없는 목표 같은 거다.

포기하기엔 가능할 것 같다는 생각이 아른거리고.

실제로 달성하기에는 너무 많은.

그러니 악마의 계약자가 다른 사람이었다면 1억 장일 수도 있고, 5억 장일 수도 있다.

그렇게 되니 궁금증이 들었다.

이건 순수한 호기심이었다.

"만약 내가 정말로 2억 장을 달성했다면 어떻게 되는 거지?"

[무의미하다. 달성하기 직전에 환상 속으로 들어갔을 테니.]

"아……."

[오직 목표만을 위해 달려갔다면, 환상 속에서 오직 하나의 길만을 달리지 않았겠지.]

그렇다면 악마가 제시한 목표가 오직 '앨범'이어야 하는 이유는 거짓이었을까?

[세상 무엇과도 교환할 수 있는 재화로 누군가의 한순간을 소유하려 든다면 그것이 공양이며, 숭배고, 정복이다.]

[나는 가치의 교차로에 서서 그것에 속박된 욕망을 탐닉할 뿐이다.]

악마는 분명 이렇게 말했으니까.

그러나 악마의 대답은 No였다.

[그것은 거짓이 아니다.]

[다만 나를 충족시켜 줄 수 있는 대상이 '교차로를 헤매는 인간'이 아닐 뿐이다.]

[묻겠거니. 너는 아직도 교차로에 갇혀 있나?]

아니다.

더 이상 나에게 교차로는 의미가 없다.

나는 그 긴 환상 속에서도 오직 하나의 길 위만 달렸으니까.

[교차로를 벗어난 인간이 만들어 내는 가치만이 나를 윤택하게 만들 뿐이다.]

그러니까, 결국은 이 모든 일들이 내가 적합한 자격을 획득하기 위한 일이었다는 것이었다.

"만약 내가 여기서 나가자마자 앨범을 만들지 않는다면? 당신이 탐닉할 가치가 없어지는 게 아닌가?"

[그러할 생각인가?]

악마의 질문에 맥이 탁 풀렸다.

그럴 리가 없지.

앵콜 투어가 끝나자마자 4집 앨범을 만들고 싶다는 생각을 하고 있는데.

[계약을 편하게 위해 악마라는 단어를 썼을 뿐, 나는 악마가 아니다. 천사도 아니고, 신도 아니지.]

[그저, 시대의 영성을 탐닉하고 옮기는 운반자일 뿐이다.]

[그러니 그대의 삶과 죽음은 온전히 그대의 소유이다.]

그 순간이었다.

아무런 변화도 없고, 아무 것도 보이지 않지만.

내 영혼을 구속하던 무언가가 떨어져 나갔다는 직감이 들었다.

그 어떤 말보다도 한 번의 직감이 더 명확했다.

정말로, 끝이 났다는 게.

정말 묘한 기분이 든다.

악마와 다시 만날 일은 없겠지.

악마가 사라진다는 것에 아쉬움을 느끼는 스스로가 낯설었다.

하지만 이내 그 마음을 납득했다.

악마는 이 세상의 유일한 관객이었다.

한시온이란 존재가 벌여 온 모든 무대를 관람한.

계약이 끝났기 때문인지, 악마의 존재를 완벽히 이해했기 때문인지, 나는 더 이상 이 존재가 두렵지 않았다.

어떤 의미에서는, 죽었어야 할 부모님을 살려 준 존재니까.

그런 생각을 하다가 정신이 번뜩 들었다.

"부모님은? 부모님은 깨어나는 건가?"

[태초의 계약대로 진행될 것이다.]

계약은 간단하다.

악마가 제시한 미션을 달성하는 순간, 시점을 내가 정할 수 있다.

그게 어떤 회차든.

그게 몇 년도든.

내가 원하는 시점에 부모님이 눈을 뜨는 것이었다.

[인간들이 관념으로, 1월 1일 1시 1분.]

[너에게 결정의 기회가 찾아올 것이다.]

[신중히 결정하도록.]

"……이게 마지막인가?"

[그대의 삶에 도전과 모험이, 평온과 편안이, 사랑과 우정이 깃들기를.]

악마의 존재감이 서서히 희미해진다.

그걸 느끼며 생각했다.

악마가 보기에 내 삶은 어땠을까?

묻지 않았지만, 답은 있었다.

[그대의 교차로가 조금 더 길어도 괜찮았을 거라고 생각한다.]

아마도, 보기 나쁘지 않았다는 덕담이겠지.

그렇게.

나의 길고 길었던.

악마와의 계약이 끝이 났다.

* * *

작가가 묻는다.

"그래도 올해는 정말 굉장했죠? 아마 먼 미래에 세달백일이라는 팀을 이야기할 때, 2019년을 빼놓을 순 없을 것 같아요."

이미 한 번 들었던 질문이다.
지금이 언제인지 잘 안다.
앵콜 투어 중 대기실.
공현 실황을 담을 다큐멘터리 촬영팀이 다가와서 질문을 던지는 중.
무대 위에서는 최재성과 온새미로가 노래를 부르는 중.
무대 아래에서는 구태환과 이온 형이 복면 강도의 무대를 준비 중.
나는 막간을 이용해 솔로 무대를 준비하며 체력을 회복 중.
원래 저 질문에 대한 나의 답변은 간단했다.

"작가님이 보시기에는 뭐가 가장 좋았어요?"

답변도 아니다.
그냥 질문으로 되돌려줬지.
하지만 지금은 답을 할 수가 없었다.
"하, 한시온 씨?"
눈물이 너무 많이 흘러나와서 말을 할 수가 없다.
악마가 이성을 활성화시키며 밀어 놓았던 감정들이 폭발하는 걸까?
아니면 길고 괴로웠던 나의 무한 회귀가 끝났다는 것에

대한 기쁨일까?

그 끝을 보게 해 준 세달백일 멤버들에 대한 고마움?

부모님을 볼 수 있다는 설렘?

모르겠다.

언어로 표현할 수 있는 감정이 아니다.

그래서, 그냥 울었다.

눈물이 하염없이 흘렀다.

북받치는 감정이 뭔지는 정의할 수 없었지만, 이건 전부 진짜다.

그동안 나의 감정은 전부 가짜였다.

한 회차가 끝나면 사라질 것들.

우정이든, 분노든, 전부 잊혀질 시간선으로 던져 버릴 모조품들이었다.

하지만 내가 지금 느끼는 감정은 진짜다.

영원히 사라지지 않는다.

왜냐하면, 난 더 이상 회귀자가 아니니까.

그렇게 얼마를 울었을까.

처음엔 당황하던 다큐멘터리 제작진이 '횡재했다'는 표정으로 날 찍는 게 보인다.

무슨 진귀한 광경이라도 목격한 표정이다.

카메라 치우라고 말하고 싶었지만, 늦어 버렸다.

"뭐야, 형 울어요?"

"시온이 울어?"

무대를 끝내고 내려온 최재성과 온새미로가 봐 버렸다.

둘은 꽤 당황한 듯했지만, 이어진 작가의 말을 듣고는 표정을 바꿨다.

"2019년의 소감에 대한 인터뷰를 하고 있었는데……. 감정이 북받치셨어요."

"아, 진짜요?"

"그런 거였어?"

젠장. 아니야.

그런 거 아니라고.

"솔로 무대는 할 수 있겠어?"

"괜찮아요. 시온 형이 무대 위에서 펑펑 울면 실검 1위에, 인급동 1위에요."

"아, 그건 그래. 노래 좀 안 불러도 돼. 가서 울어. 어차피 관객들이 떼창 해 줄 거야."

날 놀리고 싶어서 환장한 두 사람의 얼굴을 보니까 현실감이 확 든다.

눈물을 닦고 목 상태를 확인했다.

얼마나 울었는지 목 상태가 썩 좋진 않다.

하지만 난 최악의 목 상태로도 최선의 공연을 할 수 있다.

훈련이 되어 있으니까.

"감동의 눈물조차 막을 수 없는 공연을 위한 열정은 잘 찍고 있는 거죠?"

옆에서 깐죽거리는 최재성에게 뭐라고 하고 싶었지만, 스태프가 다급하게 사인을 보내 왔다.

유닛 복면강도의 무대가 곧 끝난다고.

그렇게 대기하면서 다짐했다.

절대 안 울어야지.

무슨 일이 있어도 무대 위에서는 안 울어야지.

그동안은 어떤 흑역사를 겪어도 웃어 넘길 수 있었다.

박제될 리가 없으니까.

다음 회차로 넘어가면 다 사라질 일이니까.

하지만 이젠 아니다.

이 모든 감정이 진짜이듯, 흑역사도 진짜다.

그렇게 굳게 다짐하고 무대 위로 올라갔는데…….

-와아아아아아아!
-시온아아아아!

이벤트를 준비했는지, 모두가 스마트폰의 플래시를 켠 모습을 보고 참지 못했다.

무대 아래로 펼쳐진 은하수 같다.

결국 난 우는 건지, 노래를 부르는 건지도 모른 채 무대를 소화했다.

나중에 보니까, 내가 정해진 셋리스트를 개무시하고 부르고 싶은 걸 엄청나게 불렀더라.

그리고…….

멤버 넷의 핸드폰에 내 이름은 울보로 저장되었다.

악마가 부모님이 깨어나는 시점을 선택할 수 있다고 했지?

서울 앵콜 콘 하루 전으로 돌아갈까……?

* * *

-뭐지? 눈물 몰카인가?
-뭐야뭐야뭐야뭐야 낚시 영상인 줄 알고 들어왔는데 진짜 펑펑 울잖아???
-헐헐헐헐
-콘서트 마지막이라서 북받쳐 올랐나 봐ㅠㅠㅠㅠㅠㅠ
-시온아ㅠㅠㅠㅠ
-귀하다… 저 망가진 얼굴….
-뭐야 이 변태는.
-아니 뭐임 ㅅㅂ 힙시온이 왜 울고 있어 ㅅㅂ 이상한데
-나도ㅋㅋㅋㅋ 연예인 보면서 인지 부조화가 올 거라고

는 생각도 못했는데;

-한시온이... 운다고?

-하 진짜 이 뉴비들. 형이 힙시온이 왜 울었는지에 대해서 딱 설명해 준다.

-니가 뭔데ㅋㅋㅋㅋ

-힙시온학 박사.

-이유가 뭔데? 왜 울었는데?

-힙하잖아.

-????

-한 번도 안 해 본 걸 대중 앞에 과감하게 시도하는 것. 그게 힙시온의 정체성이다.

-...설득력이 있네?

-하수 : 시온이가 감동했나 봐.

　고수 : 힙해지고 싶었나 봐.

-ㅋㅋㅋㅋ아 그래서 울었구나!

-ㅇㅈ 바로 납득함.

-캬. 절대 안 울 것 같던 놈이 울었다? 이거 힙하다. 힙해.

-힙시온쉑 힙해 보이려고 울다니

-아주 유명한 힙쟁이임

-ㅋㅋㅋㅋㅋㅋㅋㅋㅋㅋㅋ

-티티 쪽 커뮤 보다가 이런 거 보면 반응이 너무 달라

서 당황스럽다....

　　　　　　＊　＊　＊

 멤버들이 5분에 한 번씩 나한테 댓글을 공유해 준다.
 이게 그렇게 재밌는 걸까.
 뭐, 신기하긴 하겠지.
 평소의 내 모습을 생각해 보면, 눈물이 나온다는 건 상상도 안 가니까.

 -형, 힙해 보이려고 운 거였어요?
 -역시 컨셉에 진심인 아이돌...!
 -다음 컨셉은 눈물 왕자인가요?

 특히 최재성이 미쳐 날뛰고 있다.
 근데 내가 보기엔 최재성도 평소보다 훨씬 감정 상태가 하이하다.
 길고 긴 콘서트가 끝나면서 느낀 해방감을 느끼는 중인 거 같은데…….
 이거 실수하는 거다.

 -최재성.

-네?

-다음 앨범 프로듀싱할 때 보자.

-….

-각오해.

-아니 형, 이거랑 그건 다르죠.

-같아. 전부 세달백일 활동이니까.

-ㄴㅇ랜얄ㄴㅇ랜ㅇㄹ

-정확히 그 말이 입에서 나올 때까지 프로듀싱 해 줄게.

뭐, 말은 이렇게 했지만 설마 내가 이번 일로 앙심을 품고 최재성을 괴롭히겠는가.

그냥 레코딩의 기준점을 살짝 올려 보는 정도지.

이어서 날아오는 최재성의 메시지를 무시하고는 스마트폰을 무음으로 돌렸다.

길고 길었던 투어가 끝났고, 대중들은 우리의 투어에 대해서 떠들고 있다.

세달백일도, 티티도, SBI 엔터의 직원들도 모든 게 잘 마무리됐다며 행복해하고 있다.

게다가 오늘은 2019년의 마지막이니까.

하지만 나는 아직 끝나지 않았다.

가장 중요한 일이 남아 있다.

그래서 내가 도착한 곳은 부모님의 병실이었다.

원래는 공연이 끝나자마자 후기를 위한 깜짝 라이브 방송이 예정되어 있었다.

하지만 내가 양해를 구하고 하루를 미뤘다.

내일 하자고.

내가 일정을 미루는 건 흔한 일이 아니기에, 서승현 본부장은 좀 당황했지만 고개를 끄덕였다.

무슨 생각인진 모르겠지만, 세달백일 멤버들도 고개를 끄덕여 줬다.

티티에게 사전 공지를 하지 않아서 다행이다.

서프라이즈로 하려고 했던 게 이렇게 득을 본다.

그래서 멤버들도 각자의 가족을 만나러 갔다.

온새미로는 좀 고민하더니 인사만 하고 숙소로 돌아온다고 했고.

그래서, 나 혼자 이곳에 있다.

띠- 띠-

심전도를 측정하는 기계의 소리가 내 마음을 차분하게 가라앉힌다.

생각해 보면, 이곳이 세달백일의 진정한 시작 지점이다.

아직도 생생하게 기억한다.

세달백일 멤버들이 나를 데리고 이곳으로 왔던 순간을.

* * *

저들을 이해할 수가 없다.
우리는 이미 끝을 고했다.
난 테이크씬으로 데뷔할 거고, 이들은 라이언에 남을 거다.
그러니 이렇게까지 할 이유는 없다.
그때 온새미로가 핸드폰으로 음악을 틀었다.
"생각해 보니까 네 노래는 이미 병실에 닿고 있을 거 같아서."
"신곡을 미리 들어 보시는 게 더 좋지 않을까?"
작은 노랫소리였다.
병실 안을 꽉 채우지도 못할 정도로.
그 노랫소리 사이로.
부모님의 심전도 소리가 섞이고.
가습기가 작동하는 소리가 나며.
창밖의 새소리가 들리고.
초여름 바람이 창문을 두드렸다.
내 울음소리와 함께.

* * *

그 순간이 아니었다면, 난 아마 테이크씬으로 데뷔했을

거다.

　세달백일 멤버들에게 미안함을 가지고 있었지만, 크게 달라지진 않았겠지.

　당시의 나는 미안함 때문에 행동을 수정하던 사람이 아니었으니까.

　그렇게 테이크씬과 시간을 보내다가 회귀했을 거고, 또 다른 길을 찾았을 거다.

　그러니 날 구원한 것은 세달백일 멤버들의 선의다.

　또한, 그 선의 덕분에 결성된 팀을 끝까지 지지해 준 팬들 덕분이다.

　생각해 보면 내가 한 일은 별로 없다.

　음악 좀 잘한다고 잘난 척을 했을 뿐.

　그런 생각을 하며 고요하게 잠들어 있는 부모님을 응시했다.

　한때는 이 모습을 보는 것만으로 사무치는 괴로움을 느꼈었다.

　두 분은 영원히 깨어날 수 없는 게 아닐까.

　난 닫힌 시간 속을 떠도는 망령으로 살다가 결국 미쳐 버리는 게 아닐까.

　그런 생각 때문에 부모님의 병실에 오는 걸 꺼렸고, 언론은 날 싸이코패스라고 평가하기도 했다.

　하지만 이제는 아니다.

두려움은 있다.

부모님이 깨어났을 때 나에게 어떤 표정을 지어 줄지 모르겠다.

내가 여전히 그들의 아들인가?

생물학적으로는 틀림없겠지만, 존재학적으로 난 완전히 다른 사람이 되었다.

하지만 그럼에도 불구하고 두 분이 깨어나길 바란다.

날 낯설어하고, 내 존재를 의심하더라도 상관없다.

난 여전히 두 분을 사랑하니까.

병실 한쪽에 걸려 있는 시계가 눈에 들어온다.

초침이 돌아가며 내는 척- 척- 하는 소리가 천둥처럼 크다.

어느덧 2020년이 되었다.

밖에는 해피 뉴 이어를 외치는 수많은 사람들이 있겠지만, 나에게 오늘은 0시에 시작하지 않는다.

[인간들이 관념으로, 1월 1일 1시 1분.]
[너에게 결정의 기회가 찾아올 것이다.]
[신중히 결정하도록.]

1시 1분.
그게 2020년의 시작이다.

그러니 내가 고민해야 할 것은 명확했다.

어떤 시점으로 돌아가야 할까.

물론 내 인생이 이번 회차라는 건 변하지 않는다.

세달백일과 함께한 최초이자 최후의 회차.

이게 나의 진짜 삶이다.

다른 건 상상할 수 없다.

하지만 시점 자체는 바꿀 수도 있다.

가장 먼저 드는 생각은 최재성의 부상이었다.

인생은 때로 개연성 없는 불행을 내려 주기도 하고, 그때문에 한 인간의 세상이 무너지기도 한다.

억울한 일이다.

크게 잘못한 것도 없는데, 불확정성에 의거한 불행이 내려온다는 게.

그럼에도 불구하고 그게 인생이고, 인간이다.

다행히 최재성은 극복해 냈다.

그럼에도 꼭 목소리에 손상이 발생해야지만 랩으로 갈 수 있는 건 아니다.

결여가 없는 게 낫지 않을까?

하지만 그렇게 보기에는 온새미로와 최재성의 관계가 마음에 걸린다.

두 사람은 그날의 사건 덕분에 많은 상처들을 해소했다.

최재성의 부상은 온새미로가 부모님에서 완전히 독립한 순간이며, 최재성 역시 '가족'의 개념을 세달백일로 돌린 시간이다.

최재성은 더 이상 본인의 부모님에게 뭔가를 요구하지 않는다.

병실에 누워있는 동안 발생한 사건들 덕분에.

그러니 결과만 놓고 보면 최재성과 온새미로에게 그날의 불행은 독립의 완성으로 나아갔다.

자화상이란 곡을 완성한 이후로 특히.

그러니, 그날의 불행을 미리 차단한다면 어떻게 될지 모르겠다.

더 잘 될 수도 있을 거다.

더 안 될 수도 있을 거고.

너무 어려운 일이라는 생각이 든다.

그러면 최대호 대표가 멤버들의 개인사를 공격하던 시점 전으로 가 버리면 어떨까?

멤버들이 상처받을 필요도 없고, 멘탈적으로도 훨씬 건강해질 텐데.

하지만 그것도 잘 모르겠다.

그 시간들이 없어져도 지금의 세달백일이 존재할 수 있나?

아니면 아예 커밍업 넥스트가 시작하는 순간으로?

그렇게 되면 부모님 입장에서는 몇 개월만 있다가 깨어난 게 되기에 적응이 편할 텐데.

그런 생각들을 두서없이 풀어놓다가, 아예 세달백일과 함께했던 모든 순간들을 처음부터 되짚어 보기 시작했다.

B팀 선발전, 명동 미션, 숙소 입주부터 시작해서 커밍업 넥스트가 끝나고 벌어진 일들.

한강을 돌아다니며 버스킹을 하고, 언더그라운드를 돌아다니던 시간들.

첫 번째 음악 방송, 첫 번째 뮤직비디오 공개, 첫 번째 앨범 제작.

아, 컬러 쇼도 빼놓을 수가 없다.

컬러스 미디어는 여전히 우리에게 러브콜을 보내고 있다.

해외 진출을 할 거면 제발 자기들이랑 하자고.

물론 HR 코퍼레이션의 집착도 장난이 아니다.

아, 생각해 보니까 글렌스톤베리 이후 날아온 협업 계약서 몇 개에 사인을 해야 하는데.

서승현 본부장이 전결로 처리했나?

보니와 로니가 한국에 놀러 오고 싶다고 했는데, 코로나 전에 오라고 해야 하나?

몇 달 안 남았는데.

생각이라는 놈이 늘 그렇듯, 뭔가를 생각하려고 하니까 오히려 잘 생각이 나지 않는다.

잡생각이 나풀나풀 펼쳐지며 온갖 것들이 뒤섞인다.

그렇게 하염없이 이번 생을 되짚어 보다가 깨달았다.

단 하나도 버릴 수가 없다.

행복했던 순간도, 불행했던 순간도, 만족했던 순간도, 상처받았던 순간도.

그 모든 시간들이 있기에 지금의 내가 있고, 지금의 세 달백일이 있는 거다.

무언가를 바꾸려고 살아온 회귀자의 삶은 이제 끝났다.

온전히 하나의 길을 걸을 수 있었기 때문에, 교차로에서 벗어날 수가 있었다.

그러니까······.

지금이다.

지금 이 순간이 나의 삶이다.

상념들 속에서 허우적대다가 결론을 내리는 순간.

척-

시계 초침이 돌아가는 소리가 천둥처럼 내 귓가를 울렸다.

시간을 보지 않고 있었는데, 나도 모르게 고개를 들었다.

2020년, 1월 1일, 1시, 1분.

그리고 1초.

"······시온아?"

"여보?"

아주 오랫동안 잊지 않기 위해서 애썼지만, 결국은 잊어버렸던.

그런 목소리가 들려온다.

언젠간 부모님이 깨어났을 때, 나는 무슨 말을 해야 할까.

이 생각은 정말 많이 했던 것이었다.

하지만 아무 말도 나오지 않는다.

너무나 많은 말을 준비했기에, 오히려 아무런 준비를 못한 것과 같다.

수많은 단어들이 혀끝에 맴돌았다가 사라지고, 수많은 문장들이 머릿속에 떠올랐다가 흩어진다.

그냥 눈물이 흘렀다.

한데, 펑펑 울면서 나온 내 첫마디는 나조차도 상상하지 못했던 말이었다.

"아빠는 이제 엄마한테 용돈 받고 살아······."

매번 새로운 회차를 시작할 때마다 아버지가 사 놓은 주식들을 매도한다.

그리곤 어머니가 매수해 놓은 주식으로 갈아탄다.

그때마다 생각했다.

아무래도 아버지가 깨어나면 앞으로 용돈 받아서 지내시라는 설득을 해야 할 것 같다고.

영원히 그 모습을 볼 수 없을지도 모르지만.

근데 그 말이 지금 나온다고?

나조차 내가 이 말을 왜 했는지 모르겠다.

"뭐?"

부모님은 황당한 표정을 지었다.

아직 두 분은 본인들이 얼마나 긴 시간을 잠들었다가 깨어났는지 모르고 있으니까.

뭐가 됐든 상관없다는 생각이 들었다.

원래 삶이란 게 내가 왜 그랬는지 모를 순간들과 함께 살아가는 거니까.

잠시 뒤, 상황을 파악한 병원의 의사가 달려왔고, 연락을 받은 현수 삼촌이 달려왔다.

그리고 대체 어떻게 알았는지 모를 세달백일 멤버들도 뛰어왔다.

그 사이에도 시계의 초침은 끊임없이 움직였다.

더 이상 나의 시간이 닫혀 있지 않다는 듯.

더 이상 시간이 없어지는 일은 없다는 듯.

그렇게 나의 길고 길었던 무한 회귀의 여정이 완전히 끝이 났다.

* * *

"그러니까, 이게 우리 아들이라고? 진짜로?"

"아니, 노래를 그럭저럭하긴 했는데 이 정도는……."

사실 부모님이 두 분 다 의사인 집안에서 태어난 아들이 가수를 하겠다는 건 문제가 될 수도 있는 일이다.

하지만 부모님은 별로 개의치 않았다.

그래서 내심 두 분이 내 재능을 어마어마하게 높이 평가했다고 생각했는데…….

반응을 보니 뭔가 아닌 것 같다.

부모님의 떨떠름한 표정을 보며 궁금해졌다.

과연 두 분은 0회차의 나를 어떻게 평가했을까.

"좀 하다가 포기하면 의대나 들어가라고 하려고 했지."

"의대가 그렇게 쉽게 들어가지는 곳인가요."

"들어가졌을걸?"

"그래. 시온이 넌 노래보다 공부에 재능 있었어."

……내가?

상상도 못했던 말인데.

애초에 난 공부를 해 본 기억이 별로 없다.

내가 한 공부라고는 쇼 비즈니스에 대한 거나, 돈을 벌기 위한 자본시장에 대한 것뿐이지.

공부를 한다고 의대에 갔을까?

갔을 수도 있지만, 잘 모르겠다.

하지만 사실 이런 생각들은 중요한 게 아니었다.

우리가 이런 사소한 이야기를 하는 건, 본질이 너무 멀기 때문이다.

무려 3년하고도 몇 개월이다.

부모님은 그 기간 동안 잠들어 있었고, 그걸 받아들이는 건 쉽지 않을 일이었다.

그러니 최대한 주변의 이야기부터 파고 들어가는 것이었다.

모래성의 중앙에 꽂힌 깃발에 닿기 위해 야금야금 모래들을 걷어내며.

"그럼 우린 몇 살인 거지?"

"나도 그 생각했어. 3살을 더 먹은 거야, 만 거야?"

"억울한데."

……아닌가?

나만 그렇게 생각하는 건가.

두 분이 이렇게까지 낙천적인 사람들이었나.

그런 생각을 하다가 나도 모르게 또다시 울어 버렸던 것 같다.

눈물샘이라도 고장 난 것처럼.

하지만 내 등을 쓸어 주는 부모님의 떨리는 손을 느끼며, 두 분도 혼란스럽다는 걸 깨달았다.

하지만 언제나 상상 속의 두려움은 현실의 두려움보다 크다.

내가 가장 두려워했던 건 두 분이 나에게 낯설음을 느끼는 것이었지만…….

그럴 리는 없을 것 같다.

난 여전히 부모님의 자식이었으니까.

우리는 잃어버린 시간을 다시 잘 채울 수 있을 것 같다.

* * *

한시온의 부모님이 깨어났다는 소식은 금방 전국을 강타했다.

사실 이렇게 금방 퍼지면 안 되는 이야기였는데, 상황 때문에 그렇게 됐다.

성공적인 투어를 끝낸 세달백일 멤버들을 주시하는 파파라치들이 있었기 때문이었다.

파파라치들은 멤버들 중 한 명 정도는 애인을 만나러 갈 수도 있겠다고 생각했고, 따라붙은 것이다.

결과적으로는 별 소득이 없었고, 각자 가족과 시간을 보내는 모습을 포착하는 걸로 끝날 일이었다.

하지만 새벽에 멤버들이 한 곳으로 뛰쳐나가는 걸 본

몇몇 파파라치가 다시 따라붙었고, 잭팟을 건지게 된 것이었다.

열애설은 아니지만 뭐 어떤가.

사람들이 열광할 텐데.

[한시온의 양친, 의식을 되찾은 걸로 알려져]

한시온에게 호의적인 감정을 가지고 있는 대부분의 사람들은 환호를 했다.

인간이 타인의 불행에 즐거움을 느낀다는 건 부정할 수 없다.

하지만 단지 그게 다라면 인간 사회가 이렇게 발전하진 않았을 것이었다.

당연히 타인의 행복을 축하해 줄 수 있는 감정도 있었다.

그게 특히, 천재적인 재능으로 사랑받는 뮤지션의 안타까운 가족사라면.

물론 듣기 영 안 좋은 소리를 생각 없이 하는 사람들도 있었다.

-아, 이러면 한시온 안식년 갖는 거 아님?
-충분히 가능함; 회사가 지껀데 뭐가 눈치 보이겠음.

-아... 올해 해외랑 국내 일정도 그지같이 잡아 놓고 쉬면 진짜 쫌 짜게 식는데.
-솔직히 한시온만 아니었으면 돌판 팬덤 훨씬 두터웠을걸.

과거에는 이런 소리들이 나오면 세달백일과 한시온의 팬들이 실드를 치곤했다.
하지만 이제는 아니다.

-ㅋ
-ㅋㅋ오늘도 고생하네
-힘내세요!

그들도 알고 있었다.
한시온은 그 어떤 것에도 흔들리는 사람이 아니다.
한시온의 뒤를 따르는 세달백일도 마찬가지고.
그러니 이런 이들이 뭐라고 떠들어 봤자, 한시온에게는 아무런 영향이 없다는 걸 알고 있는 것이었다.
게다가 2019년에 세달백일이 이룩해 놓은 걸 생각하면, 어느 정도 쉬는 건 당연하다.
하지만 팬들의 생각과 다르게, 세달백일과 한시온은 딱히 쉴 생각이 없었다.

물론 대외 활동이나 공연은 없을 것이었다.

하지만 그건 부모님 때문이 아니라, 코로나 때문이었다.

그러니 세달백일은 4집 앨범의 제작에 돌입할 생각이었다.

특히 한시온 입장에서는 하고 싶은, 그리고 해야 할 이야기가 많았다.

세상 그 누구도 모르는 이야기겠지만, 2020년은 모든 것이 바뀐 해였으니까.

그러게 한시온의 부모님은 사라진 시간에 적응하고, 한시온은 부모님과 시간을 보내는 것 외에는 작곡에 매진하는 시간이 이어졌다.

세달백일은 조만간 한시온이 그들을 부를 거라는 걸 알았기 때문에 누구보다 열정적으로 놀았다.

그러다가 소란이 있었다.

"아니, 이건 편집하셔야죠."

"절대 안 됩니다."

"업무 지시입니다."

"잘리면 잘렸지, 절대 안 됩니다. 편집할 거면 절 자르세요."

"아니, 무슨 말도 안 되는 소리세요."

"진짜입니다."

바로, 서승현 본부장과 한시온 사이에서 벌어진 갈등이었다.

두 사람은 밖에서 보기에는 완벽한 콤비였다.

한시온이 말도 안 되는 스케일의 일들을 벌이면, 서승현 본부장이 어떻게든 잘 포장해서 풀어낸다.

쇼 비즈니스뿐만 아니라, SBI 엔터에서도 이렇게 믿고 있는 사람들이 많았다.

물론 실상은 한시온이 모든 판을 벌이고, 서승현 본부장은 땀을 뻘뻘 흘리며 따라가는 것이지만, 밖에서는 이렇게 보일 수밖에 없었다.

그러니 두 사람이 충돌한다는 건 회사의 분위기에 심각한 문제를 끼칠 수도 있는 일이었다.

하지만 그런 일은 없었다.

모두가 두 사람의 말싸움을 듣고는 웃었다.

왜냐하면, 서승현 본부장이 절대 편집하지 않으려는 게 '눈물왕자 한시온'이었기 때문이었다.

한시온은 자신이 서울 앵콜콘에서 질질 짜며 예정에 없던 노래를 부르던 걸 편집하려고 했다.

애초에 공연 실황 DVD에 들어가면 안 되는 장면이니까.

하지만 서승현 본부장이 극구 반대 중이었다.

"월급 대폭 인상 어떻습니까."

"이 버전의 DVD를 내놓으면, 거기서 나오는 인센티브가 더 많지 않을까요."

"아, 편집하세요. 최후 통보입니다."

한시온은 그렇게 대표의 권위를 발동했지만, 개무시당했다.

심지어 서승현 본부장은 이걸 홍보팀에 토스해서 세달 백일의 공식 홈페이지에 올리기까지 했다.

절망한 한시온을 본 서승현이 던진 위로는 이것이었다.

"이미지는 훨씬 좋아졌으니까 걱정 마세요."

* * *

2019년 12월에 우한폐렴(코로나 이전 명칭)이 밝혀졌고, 2020년 1월에 세계보건기구가 국제적 공중보건 비상사태를 선포했다.

하지만 이때까지만 해도 대한민국은 크게 두려워하진 않았다.

사스나 메르스 같은 전염병들도 말은 시끄러웠지만, 한국에 영향을 준 게 거의 없으니까.

비슷하다고 생각한 것이었다.

하지만 사태는 심각해졌고, 마침내 2020년 3월 11일에 팬데믹이 선언되었다.

모든 실물 자산 시장이 폭락했고, 사회의 구성원들의 분위기가 어두워졌다.

동시에 공포가 퍼져 나갔다.

백신이나 치료법이 개발되려면 몇 년이 걸릴지 모른다는 소문들이 떠돌았고, 인류의 경제가 몇십 년은 후퇴할 거라는 이야기도 많았다.

그렇게 일주일이 흘렀고, 변하는 건 없었다.

실물 자산들의 가격이 더욱 폭락했을 뿐이지.

의료 분야를 제외한 모든 산업이 활기를 잃었고, 사람을 상대로 하는 자영업자들은 막막해졌다.

아니, 이런 거시적인 이야기를 떠나서 당장 마스크를 구하는 것조차도 쉽지 않았다.

하지만 딱 한 사람은 달랐다.

이 모든 일을 수도 없이 겪어 온 회귀자.

아니, 전직 회귀자.

한시온이었다.

한시온은 폭락한 경제가 금방 반등한다는 걸 알고 있었고, 모두가 잘 헤쳐 나갈 거라는 걸 알고 있었다.

지금 실물 경제에 투자하면 어마어마한 수익을 거둘 수 있다는 것도 알고 있었고.

심지어 그는 어마어마한 마스크 물량을 쥐고 있기도 했다.

세달백일의 굿즈를 만들면서 슬쩍 마스크를 끼워 넣은 것이었다.

세달백일 로고가 새겨진.

서승현 본부장은 굳이 왜 마스크 굿즈를 만드는지 의아해했지만, 따지고 들진 않았다.

이 물량을 주문했을 때가 미치도록 추운 겨울이었기 때문이었다.

한시온이 방역 마스크를 주문했다는 걸 알고는 고개를 갸웃했지만, 이때도 따지진 않았다.

마스크만 주문하면 이상할 걸 알기에, 기능성 손목 보호대나 핸드폰 거치대 같은 것들도 함께 주문했기 때문이었다.

남들이 하지 않는 걸 좋아한다는 한시온의 이미지가 여기서는 꽤 편했다.

다만, '누군가' 마스크 주문 수량에 '실수로' '0을 하나 더 붙여서' 어마어마한 물량이 쌓이게 됐을 때는 좀 당황했다.

SBI 엔터의 시스템 구조상 이게 쉽지 않은 실수였기 때문이었다.

결과적으로는 범인도 못 찾았다.

그래도 세달백일이 워낙 큰 수익을 벌어들이고 있었기에, 티는 거의 안 났다.

"한 5년간 모든 굿즈에는 마스크가 들어가야겠는데……."

그래서 이러고 말 뿐이었다.

하지만 이제는 상황이 달라졌다.

"이걸 어떻게 하죠?"

서승현 본부장의 질문에 대한 한시온의 답변은 간단했다.

"나눠 주죠."

한때는 이런 일들로 돈을 벌 때도 있었다.

겉으로는 기부를 하는 척도 했지만, 실제로는 훨씬 많은 수익을 올릴 때도 있었다.

하지만 이제는 아니었다.

세달백일이 취약 계층에 어마어마한 마스크를 기부한 걸 넘어서, 모든 공식 홈페이지의 가입자들에게 무료로 나눠 준 것은 꽤 큰 화제가 되었다.

아니, 언론이 화제로 만들었다.

우울하고 눅눅한 사회 분위기 속에서 희망찬 이야기가 필요한 시점이었으니까.

이뿐만이 아니었다.

[세달백일 정규 4집, 〈모든 것의 의미〉 4월 1일 발매 예정.]

[앨범의 모든 수익금을 취약 계층에 기부하겠다는 뜻

밝혀.]

 과거에는 이런 짓을 한 적이 없었다.
 악마의 카운팅을 고려해 봤을 때, 이건 위험한 짓이다.
 이런 시기에 앨범을 낸다는 것은 '음악에 대한 소유'보다 다른 감정이 우선될 위험성이 있다.
 만약 누군가가 '우울함을 달래기 위해서' 세달백일의 앨범을 구매하면 어떻게 될까?
 혹은 취약 계층에 기부하는 걸 돕고자 하는 마음으로 산다면?
 악마는 카운팅 하지 않는다.
 앨범을 온전히 소유하겠다는 마음보다 다른 게 더 크기 때문이었다.
 물론 이제는 안다.
 한시온을 회귀시켰던 존재가 악마가 아니었으며, 카운팅은 무의미했다는 걸.
 진짜 중요한 건 '교차로를 벗어나'는 것이었지.
 하지만 어찌됐든 과거의 한시온은 이러한 사실을 몰랐기 때문에, 2020년에는 앨범을 발매하지 않는 편이었다.
 그 대신 미디어를 장악한다.
 그러나 이번엔 아니었다.
 피지컬 앨범의 판매량도 중요하지 않았고, 사람들이 앨

범을 어떤 마음으로 사는지도 중요하지 않았다.

그냥, 좋은 앨범을 낼 예정이었다.

그리고 그걸로 사람들을 도울 생각이었고.

물론 오랜 시간 모든 것을 계산하며 살아온 회귀자인 탓에, 전부 선의로만 진행되는 일은 아니었다.

이참에 세달백일의 이미지를 어나더 레벨로 올리고 싶었다.

그들이 하는 일을 역사에 기록하고 싶었다.

지금까지의 한시온에게는 기록되는 역사가 없었지만, 이제는 아니니까.

서승현 본부장을 비롯한 이들은 한시온의 결정에 우려를 보냈다.

태어나서 한 번도 겪어 본 적 없는 일이다.

그러니 현재 상황에 앨범을 내도 괜찮은지에 대한 판단이 서지 않는 것이었다.

"망하면 어때요. 저희 회사 사내 유보금이 얼마나 많은데."

"아니 근데 어떻게 전부 적절히 엑시트하고 나온 겁니까?"

서승현 본부장은 한시온이 꽤 많은 자산들을 현금화했다는 걸 알고 있었다.

이게 참 이상하다.

물론 손해를 본 자산들도 많았다.

하지만 한시온처럼 적절히 방어해 낸 경우가 오히려 드물었다.

하지만 한시온은 이에 대한 완벽한 변명이 있었다.

"부모님이 깨어나셔서 이제 일을 좀 줄이려고 했거든요."

"아."

"이미 이득도 볼 만큼 봤는데 관심을 끄고 개인 시간을 좀 보내려고 했는데……. 이게 참, 이렇게 될 줄 몰랐네요."

"하늘이 도왔네요. 그동안의 시간을 잘 견뎌 내서 선물을 줬나 봅니다."

"저도 그렇게 생각하고 있습니다."

물론 완벽한 변명이 아니긴 했다.

현금화가 된 시점이 2020년이었을 뿐이지, 엑시트 계획의 상당수는 2019년에 세워졌으니까.

그러나 서승현 본부장은 팬데믹 때문에 경황이 없는 상태였기에 꼬치꼬치 캐묻진 않았다.

그렇게 다가온 4월 1일.

세달백일의 앨범이 발매되었다.

그동안 세달백일의 앨범이 나오면 쇼 비즈니스의 모든 구성원들이 손을 모아 기도했다.

제발, 망하게 해 달라고.

저 사악한 세달백일 놈들이 독식 좀 그만하라고.

하지만 이번만큼은 달랐다.

위기를 실감하고 있는 쇼 비즈니스의 업계는 한시온이 총대를 메고 앨범을 발매한 것을 반겼다.

그리고 앨범이 잘되길 바랐다.

그들에게 희망이 있길 원한 것이었다.

그리고 그 희망은……

[세달백일, 발매 보름 만에 앨범 판매량 1천만 장 돌파!]

[세달백일, 질병관리청에 30억 기부.]

실존했다.

사실 판매량은 기자들이 상당히 부풀린 것이었다.

보름 만에 피지컬 앨범 1천만 장이 팔린다는 건 말이 안 되는 소리다.

정확히는 기자들이 디지털 다운로드 횟수를 합산해서 앨범의 트랙 수로 나눈 것이었다.

실제 피지컬 앨범 판매량은 보름간 80만 장 정도였다.

하지만 디지털 기준으로는 어마어마한 음원이 팔린 것도 사실이었다.

특히, 해외 유통이 막혔기에 실물 앨범을 살 수 없는 해외 리스너들은 전부 디지털 앨범을 구매했다.

하지만 중요한 건 앨범이 정확히 얼마가 팔렸는지가 아니었다.

적지 않은 양이 팔렸다.

그리고 사람들이 호응하고, 좋아한다.

세달백일의 앨범 퀄리티야 말할 필요가 없었고, 노래도 굉장히 희망적인 내용들이 많았다.

이는 한시온의 개인사가 반영된 것이지만, 시대상이 반영된 것 같기도 했다.

이에 해외 리액션이 활발히 진행되는 모습도 있었다.

또한 국내에서는 앨범만 구매해도 다량의 마스크를 함께 보내 주기도 했었다.

심지어 세달백일의 행보는 여기서 끝이 아니었다.

그들은 앨범이 발매한 지 딱 한 달 만에 최초로 온라인 콘서트를 선보였다.

방역 수칙이 아주 강력한 시기였기 때문에 다 함께 노래를 하진 못했다.

사운드에 굉장한 조예가 있는 한시온이 홀로 모든 장비를 세팅한다.

그리곤 하나하나 악기를 쳤다.

기타도 치고, 베이스도 치고.

그러한 영상을 모두 합치니 훌륭한 사운드가 탄생했다.

이후에 멤버들이 한 명씩 본인의 파트에 노래를 불렀다.

재미있는 건 AR이 전혀 깔리지 않은 100% 라이브라는 것이었다.

심지어 후보정도 없었다.

노래만 부른 게 아니라 각자의 위치에서 춤도 췄다.

그리고 이 모든 영상을 합치니, 다섯 명의 멤버들이 한자리에서 공연을 하는 것처럼 보였다.

얼마나 연습을 했는지, 춤도 딱딱 맞아떨어진다.

도저히 한 명 한 명이 공연을 하고 합쳤다고 믿기지 않는 칼각도였다.

그리고 이 공연을 관람하는 것은 무료였다.

당연히 어마어마한 조회 수가 쌓이기 시작했다.

이번 공연에는 1집부터 4집까지의 히트곡들이 여러 가지 들어가 있었는데, 이게 제대로 먹혔다.

사실 이때까지만 해도 엔터테인먼트 업계의 사람들은 세달백일이 뭘 노리는지 알 수 없다는 이야기를 하기도 했다.

인지도를 올린다고 하기에는 세달백일은 이미 너무 유명하다.

실질적은 도움을 나누기 위함이라고 하기에는 들인 비용에 비해 얻는 게 없다.

그건 앨범 판매금을 기부하는 것만으로 해도 충분하다.

유일하게 얻는 것이라고는 실력과 이미지인데……

솔직히 이건 이미 충분하다.

영미권에서는 어떨지 모르겠지만, 한국에서는 더 이상 세달백일의 실력을 의심하는 사람이 없다.

아니, 영미권에서도 글렌스톤베리 이후로 그러했고.

그러니 내심 한시온이 구원자 포지션에 심취해서 오버하는 게 아니냐는 소리도 있었다.

하지만 전혀 아니었다.

한시온이 노리는 건 진짜 월드스타였다.

세달백일은 지금 팬데믹 시대에 벌어질 쇼 비즈니스의 '넥스트 스텝'을 홀로 밟고 있었다.

그러니 이건 쇼 비즈니스의 영역이 아니었다.

시대상의 영역이다.

당연히 세계 각국의 언론들이 이에 대한 기사를 쓰고 퍼트릴 수밖에 없다.

안 그래도 우울한 소식들밖에 없는데, 이런 거라도 기쁨을 줘야 하지 않겠는가?

그리고 무엇보다, 세달백일의 실력은 진짜였으니까.

헤아릴 수 없이 긴 시간을 뮤지션으로 살아온 한시온의 안목은 말할 것도 없었고.

그렇게 세달백일은 진짜 월드스타가 되는 첫 발을 떼었다.

* * *

2020년을 기점으로 해서, 사람이 바뀐 것 같다는 이야기를 정말 많이 들었다.

예전에는 많이 보여 줬던 우울하고 강박적인 모습이 전혀 없어졌다고.

하지만 이런 날 딱히 이상하게 여기는 사람들은 없었다.

부모님이 깨어났다.

그리고 세달백일이 세계적인 스타로 발돋움했다.

당연히 사람이 바뀔 만한 환경이었다.

하지만 실제로 날 바꿔 낸 것은 그런 것은 아니었다.

엄밀하게 말하자면 내가 변화한 모습을 보인 것은 2019년 중순쯤부터였다.

그때부터 우울함과 강박증이 사라졌다.

그리고 앨범 판매량에 신경을 쓰지 않게 됐다.

그게 날 교차로의 밖으로 보냈으니, 내가 바뀌게 된 계기는 세달백일인 셈이었다.

그러나…….

"아, 이번 앨범은 힙합으로 하자니까요."

"아니 래퍼가 너 한 명인데 무슨 힙합이야."

"힙합 리듬을 베이스로 하자는 거죠. 투포 리듬 몰라요? 투포!"

"투표하자. 투표 리듬으로."

"아, 이온 형. 드립부터 늙었어요."

"쓱."

"이제 진짜 청학동이네……."

"재성아, 나 아직 이십대야……."

날 바꿨던 세달백일은 여전히 바뀌지 않는 모습으로 계속 옆에 남아 있었다.

* * *

부모님은 생각보다 더 잘 적응하셨다.

오랜 식물인간 생활을 했다고는 믿을 수 없을 정도로 건강하셨고.

따지고 보면 식물인간도 아니었다.

죽음을 유예시켜 놓은 것이었으니까, 신체 나이가 1초도 흐르지 않았다고 보면 된다.

두 분은 내가 겉으로 보이는 것보다 훨씬 더 많은 돈을 벌었으며, 앞으로도 많은 돈을 벌 것을 아셨다.

하지만 삶을 바꾸진 않았다.

그들은 여전히 의사로서의 삶을 영위하셨고, 환자들을 치료했다.

다만 달라진 점이라면 강연 겸 상담회를 꽤 많이 다녔다는 것이었다.

의사가 식물인간이 되었다가, 다시 깨어나서 의사로 돌아왔으니까.

식물인간, 금치산자, 치매 등등 정신과 관련된 질환을 앓고 있는 환자의 가족들에게 큰 위로가 되는 존재가 된 것이었다.

근데, 솔직히 말하면 사기라고 생각한다.

앞서도 생각했지만 두 분은 가짜 식물인간이었으니까.

그래서 그런지, 언젠간 어머니가 아버지와 술을 마시다가 그런 이야기를 하기도 했다.

"아니, 우리는 딱히 힘든 게 없었잖아?"

"그치?"

"근데 이렇게 강연하고 다녀도 되나?"

"그럼 거절하지 그랬어."

"뭔가 매몰차게 거절할 만한 분야가 아니라서……."

"가서 힘이 될 만한 말들을 해 주자고. 거짓말이어도,

그게 누군가의 마지막 희망이 될 수도 있으니."

아버지는 내 기억 속에 있는 것보다 훨씬 결과주의적인 사람이었다.

아무래도 난 아버지를 닮은 것 같다.

* * *

그, 솔직히 뭐라고 해야 할까.

좀 당황스럽다.

그렇게 긴 삶을 살아왔건만, 내가 단 한 번도 경험해보지 못한 분야가 있었으니까.

바로······.

군대였다.

이렇게 말하면 군필자들에게 미안하지만, 난 군대를 가본 적이 없다.

회귀 초창기에도 군대를 가야 할 때까지 삶을 영위한 적이 거의 없었다.

만 28살이 되기 전에 거의 회귀했지.

물론 굉장히 오랜 삶을 살아온 회차는 있었다.

최대한 오랫동안 최대한 많은 앨범을 팔아치우려고 한 적도 있었으니까.

그러나 그때의 난 미국인이었다.

내 정체성이 유서 깊은 아메리칸이라는 농담이 아니라, 진짜 국적이 미국이었다.

당연히 어마어마하게 욕을 먹었지만, 어쩔 수가 없었다.

군대에 입대하면, 첫날에 바로 회귀가 발동할 걸 뻔히 아니까.

오히려 내가 군대에 입대했다가 갑자기 자취를 감추기라도 하면 그게 더 미안한 짓이다.

하지만 이번 생은 아니었다.

당연히 국방의 의무를 수행해야 했다.

세달백일 멤버들은 날 위로하지 않았다.

"……"

"……"

"……"

그럴 겨를이 없다고 해야 하나?

우리는 동반 입대를 했으니까.

아, 아예 동반 입대를 한 건 아니고 입소 날짜를 맞춘 거긴 하다.

부대는 알아서 각자 배정되겠지.

젠장.

좀 두려운데.

나만 최전방에 배치되는 건 아니겠지?

그렇게 우리는 2026년 6월 8일에 다 함께 입대했다.
그렇게 2028년 초에 전역을 했고.

[왕의 귀환!]
[세달백일 올해 2월 중으로 정규 6집 앨범 발매 예정.]

현업으로 복귀했다.
달라지는 건 없었다.
여전히 우리는 음악을 한다.

* * *

나무위키.

[세달백일]

1. 개요
2. 멤버
3. 위상 및 인기
4. 특징
5. 활동
 5.1. 음반

......

세달백일의 대외 활동에 대한 평가는 갈려도 음반 활동에 대한 평가는 일치한다.

음반 판매에 미친 그룹.

그중에서도 특히 피지컬 앨범 판매에 엄청난 집착을 보이는 그룹이라는 것이다.

(중략)

월드스타로 발돋움한 2021년 이후부터는 공식적으로 언급된 적이 없지만, 활동 초창기에는 한시온이 종종 피지컬 앨범에 대한 이야기를 했다고 한다.

특히, 커밍업 넥스트의 방송 관계자에 따르면, 한시온이 직접 피지컬 앨범 2억 장을 팔아야 한다는 말을 한 적이 있다고 한다.

(당시의 한시온은 앨범을 많이 팔면 부모님이 깨어날 수도 있다는 강박증세가 있었던 것으로 추측된다.)

당시에는 모두가 허황된 목표로 치부했지만, 2033년 현재 세달백일의 피지컬 앨범 판매량은 1억 3천만 장(정말 말도 안 되는 수치다)으로 집계된다.

이는 순수 피지컬 앨범 판매량만을 기록한 수치이며, 레드 제플린의 1억 4천만 장 다음인 세계 7위다.

1위부터 6위가 실물 앨범의 시대인 1950-1980년대에 활동했다는 걸 고려하면, 사실상 순위는 더 높다고 평가된다.

미국 음반 산업 협회 RIAA 기준으로는 3억 9천만 장의 판매고를 올렸다.

이는 디지털 앨범, 싱글 앨범, 컴필레이션 앨범을 모두 합쳐서 기록하는 역대 아티스트 앨범 판매량 1위다.

더욱 놀라운 건, 2032년에 발매한 세달백일의 정규 10집 앨범의 판매고가 2천만 장으로 전혀 떨어지지 않았다는 것인데……

* * *

좀 신기하다.

회귀를 반복하던 시점에 20년은 아무 것도 아닌 시간이었는데, 지금은 몹시 긴 것처럼 느껴진다.

처음 봤을 때 21살이었던 이온 형이 어느덧 41살이고, 18살이었던 최재성이 어느덧 38살이다.

긴 시간이 흐르다 보니 절대로 잊히지 않을 것 같았던 기억들도 흐려진다.

무한회귀에 빠져서 허우적거리고, 우울해지고, 절망했던 나날들.

그런 것들이 점점 내 몸에서 빠져나가는 것 같다.

하지만 이제 그런 기억들은 별로 중요하지 않다.

나는 무한회귀라는 특별한 경험을 했지만, 그래도 돌이켜 보면 평범한 인간이었던 것 같다.

꼭 무한회귀를 하지 않아도, 모든 사람들은 교차로 어딘가에서 길을 고민하는 존재다.

여기로 가면 무서울 것 같고.

저기로 가면 돌아갈 것 같고.

하지만 마음을 잘 들여다보면 진심은 있다.

내가 진짜로 가고 싶은 길.

그러니까 나는 아마…….

내년에도, 내후년에도, 그 다음 해에도 음악을 만들고 있지 않을까.

세달백일과 함께.

(빌어먹을 아이돌 완결)

작가 후기

안녕하세요. 샤이나크입니다.

하나의 작품을 완결하고 작가 후기를 쓸 때마다 참 묘하다는 기분이 듭니다.

연재분을 쓸 때 느꼈던 수많은 개인적인 감정들은 중요하지 않은 게 되고, 감사하다는 한 마디면 충분하지 않을까란 생각이 드니까요.

그러니까, 진심으로 감사합니다.

독자님들이 읽어 주시지 않았다면 지나칠 수 없었던 교차로를 지나서 목적지에 도착할 수 있었습니다.

그래도 개인적인 이야기들을 좀 풀어 보자면...

빌어먹을 아이돌은 꽤 예전에 구상했던 소설입니다.

아마 스타메이커를 완결 낸 시점쯤이었던 것 같으니

까, 2018년쯤이었던 것 같네요.

하지만 〈더 랩스타〉와 〈스타메이커〉를 연달아 쓰면서 '다시는 음악물을 쓰지 않겠다!'라고 다짐을 했을 때라서 묻어 놨던 소재였습니다.

우습지만 그 이후에 〈레벨업하기 싫은 천마님〉을 쓰면서 '다시는 일상물을 쓰지 않겠다!'라고 다짐하기도 했었습니다.

한데 빌어돌은 그 두 가지를 전부 합친 글이 되었네요. 하하...

그래도 결론적으로는 쓰길 잘했다고 생각합니다.

하고 싶은 말들이 더 많지만, 작가는 글로 이야기해야 하는 존재라고 배웠습니다.

그러니 다시 한번 감사드린다는 말씀과 함께 물러나도록 하겠습니다.

진심으로 감사했습니다.

샤라웃!